AF289467

Conte Leonardo

Das Märchen vom traurigen Prinzen

Gudrun Leyendecker

1.Auflage 2025

Umschlaggestaltung BoD

Bibliografische Information der deutschen Nationalbibliothek: Die Deutsche Nationalbibliothek verzeichnet diese Publikation in der Deutschen Nationalbibliografie; detaillierte biografische Daten im Internet über http://dnb.dnb.de abrufbar.

Verlag: BoD · Books on Demand GmbH,

Überseering 33, 22297 Hamburg, bod@bod.de

Druck: Libri Plureos GmbH, Friedensallee 273,

22263 Hamburg

ISBN: 978-3-8192-9774-8

Gudrun Leyendecker ist seit 1995 Buchautorin. Sie wurde 1948 in Bonn geboren.

Siehe Wikipedia.

Sie veröffentlichte bisher über 110 Bücher, unter anderem Sachbücher, Kriminalromane, Liebesromane, und Satire. Leyendecker schreibt auch als Ghostwriterin für namhafte Regisseure. Sie ist Mitglied in schriftstellerischen Verbänden und in einem italienischen Kulturverein. Erfahrungen für ihre Tätigkeit sammelte sie auch in ihrer Jahrzehntelangen Tätigkeit als Lebensberaterin.

Inhaltsangabe:

Zur Taufe des Prinzen Leonardo erscheint die hinterhältige Fee Nielo und spricht geheimnisvolle Verwünschungen aus. Seitdem hat der Nachfahre des Königs ein trauriges Herz, und niemand kann ihm helfen. Er muss gegen das Böse in der Welt kämpfen, hat viele Aufgaben zu erledigen und einige Prüfungen zu bestehen. So reist der Prinz durch verschiedene Gegenden Italiens, aus Sizilien vom Süden bis in den Norden zu den Dolomiten und hofft auf seine Erlösung. Seine Tante Lavendel und sein Onkel Salamander haben begrenzte Zauberkräfte und versuchen, ihm auf seinem beschwerlichen Weg zu helfen.

# Conte Leonardo

## Das Märchen

## vom

## traurigen Prinzen

Gudrun Leyendecker

Auf der süditalienischen Insel Sizilien versetzt schon seit ewigen Zeiten ein tätiger Vulkan die Bewohner rund um Catania in große Aufregung, manchmal in Angst und Schrecken. Wenn aus den Kratern des 3403 Meter hohen Berges, die Lava wie heißer Brei herausströmt, manchmal aus seinen schneebedeckten Gipfeln glühende Asche-Wolken und mächtige Flammen in den Himmel steigen, dann empfinden die Menschen dort Ehrfurcht vor den Naturgewalten.

In seiner Kreativität kennt das Lavagestein keine Grenzen, und so zählt man in diesem gigantischen Berg mehr als vierzig Höhlen, von denen man die berühmtesten besuchen kann.

Es war einmal ...

Dort, wo Feuer und Eis zusammenleben, in einer Eishöhle des brodelnden Ätnas, lebte König Marco mit seiner Frau Stella in einem Schloss aus glänzendem Vulkan-Gestein.

Wenn die Krater einmal nicht spuckten, sorgte das Königspaar dafür, dass es den Menschen rund um den Berg herum gut ging und sie keinen Schaden nahmen, während sie die fruchtbare Erde bepflanzten.

Bei den Regenten lebten ihre Verwandten, die Fee Lavendel und ihr Bruder, der Magier Salamander, und sie kümmerten sich darum, dass sich das Meer zwischen den Äolischen Inseln nicht zu sehr aufwühlte, wenn sich das alte griechische Meeresungeheuer Skylla und mit Charybdis, dem Meeresstrudel stritt.

So vergingen einige Jahre, in denen sich der Berg und das Meer von allen Seiten zeigten. Da gab es die tintenblaue See mit kleinen Wellen, die sich kräuselten und ab und an mit Schaumkronen schmückten, und die stürmische See, die kochte und brodelte wie der Vulkan. Es gab Zeiten, in denen der Berg zu bersten drohte, und andere Jahre, in denen der Ätna friedlich ein paar Rauchsäulen in den Himmel schickte, als ob irgendjemand in seinem Inneren gemütlich sein Pfeifchen rauchte.

Mitten im Sommer, als die sengende Sonne das Gras zu verbrennen drohte, wurde ein kleiner Prinz geboren, dessen dunkle Augen wie der Ätna glühten und in denen sich an anderen Tagen die tiefe See mit all ihren verborgenen Geheimnissen spiegelten.

König Marco und Königin Stella nannten ihren Sohn Leonardo, und da es in diesem Jahr viel zu tun gab, gewöhnte sich der kleine Junge schon als kleines Kind daran, dass Erdenbürger hilfreich und fleißig sein sollen.

Die Taufpaten Lavendel und Salamander brachten dem Kleinen zu seinem Fest der Segnung viele Geschenke. Die Fee gab ihm reichlich Schönheit und kreative Talente als Gabe, während ihm der Magier den Mut und die Klugheit überbrachte und ihn damit segnete.

Doch bevor die Taufzeremonie beendet war, erschien die böse Hexe Nielo, legte einen Bann auf die ganze Taufgesellschaft und stieß ihre Verwünschungen aus.

„Einsam sollst du dich fühlen und die Trauer der versunkenen Schiffe in dir tragen! Mitleid sollst du fühlen mit allen, die Leid tragen, sei es Pflanze, Mensch oder Tier! Traurige Schwingungen sollst du erfassen und einatmen und sie mit dir schleppen wie ein schweres Netz voller Fische, das dich in die Tiefe ziehen will. Die Dunkelheit wird dein Feind sein, aber du wirst sie auch in dir tragen und den

Wunsch haben, dir diese Traurigkeit aus dem Herz zu reißen."

Gerade in diesem Moment flogen einige Tauben herbei, die vom Elefantenbrunnen aus Catania kamen, und sie durchflogen den Bann und zerrissen den Schleier der bösen Verwünschungen, sodass er nicht in seiner ganzen Schwere wirksam werden konnte.

In diesem Augenblick fanden auch Lavendel und Salamander ihre Kraft wieder, verjagten die böse Hexe und versuchten, die Kraft des Fluches weiter zu verringern.

„Du sollst dir immer wieder Leben und Kraft in der Natur holen, damit du all deine Aufgaben verstehen und tragen kannst", wünschte die gute Fee. „Die Tiere werden dich lieben."

„Dazu wünsche ich dir, dass du treue Freunde findest, die dir beistehen und dich schützen. Gute Geister, die dich begleiten, werden sich bei dir einfinden", wünschte der Magier.

Königin Stella sah ihren Sohn liebevoll an. „Und ich wünsche dir, dass dir der Himmel Erlösung schickt und dich, sobald es an der Zeit ist, von den Flüchen der bösen Hexe befreit."

Auch der Vater, König Marco rief die himmlischen Mächte an: „Wenn du ein schweres Los tragen musst, so wünsche ich dir, dass es himmlische und irdische Wesen gibt, die dich dabei tragen mögen."

Und als ob der Himmel diese Bitten verstanden hätte, so regnete es ein paar Tropfen aus den Wolken und gaben dem Täufling den Segen.

*

Die Erziehung des Prinzen erfolgte nach strengen königlichen Regeln, aber dem kleinen Jungen fiel es nicht schwer, sie einzuhalten, denn er hatte schon früh gelernt, sich nach den Gesetzen der gewaltigen Natur zu richten.

Er spürte die Liebe seine Eltern, weil er wahrnahm, wie wichtig er für sie war, und gewann auf diese Art und Weise auch die Erkenntnis, dass sein Leben eine Bedeutung hatte.

Schöne Stunden verbrachte er mit dem Magier Salamander, der ihm die historischen Bauten seiner Heimatstadt Catania und die alten Schauplätze historischer Ereignisse auf der gesamten Insel zeigte.

Gefühlvolle Augenblicke erlebte er mit Lavendel, die ihn zu weiten Spaziergängen in die Natur einlud und ihn in die Geheimnisse des Lebens eingeweihte.

„Schau nur, wie der Ginster am Ätna die Sonne einfängt", forderte die Fee Leonardo auf. „Goldgelb strahlen die Blüten und erfreuen dein Gemüt. Mit dieser Pflanze lernen die Menschen, dass es wichtig ist, die Sonnenstrahlen mit ihrem Leuchten und ihrer Wärme in die Seele einzulassen. Und wir müssen all das Gute in uns speichern, damit wir einen Freudevorrat besitzen."

„Ich mag diesen Ginster", antwortete der kleine Junge. „Aber ich hasse die Dunkelheit und ich fürchte sie. Warum ist das so?"

Lavendel lächelte. „Du bist ein Kind der Sonne, aber du weißt noch nicht, dass jedes Licht auch seinen Schatten hat. Viele Menschen mögen die Dunkelheit nicht, weil sie sich dann nicht gut orientieren können, dann fühlen sie sich wehrlos und ängstlich. Leider war die böse Hexe Nielo bei deiner Taufe zugegen, und wenn sie schlechte Laune hat, dann spricht sie Verwünschungen aus. Sie hat sich bei deiner Taufe vor die Sonne gestellt, sodass auch ein Schatten auf deine Seele fiel. Damit hast du auch eine Prise Dunkelheit in dir selbst. Und genau deswegen gehe ich mit dir zu allen Pflanzen und Wesen in der Natur, die dir viel Licht und Wärme und Sonne spenden können, denn ich möchte das du ein lebensfähiger und fröhlicher Prinz wirst."

Leonardo lächelte die Fee an. „Aber sieh doch! Ich lache jetzt gerade."

Die Fee strich dem kleinen Jungen über das glänzende, schwarze Haar. „Ja, jetzt sind wir hier gerade zusammen, die Sonne strahlt vom azurblauen Himmel und die Schmetterlinge fliegen über den leuchtenden Ginster. Gerade jetzt fühlst du dich gut. Aber es wird andere Stunden geben, in denen du unter der Traurigkeit in dir leidest, und deswegen will ich ein bisschen vorsorgen, damit du immer den Weg des Lichtes suchst."

„Das werde ich tun", versprach Leonardo. „Gehen wir jetzt in das Valle del Bove?" bettelte er.

„Ja, das habe ich dir versprochen. Dort ist die Vulkan-Erde sehr mineralreich, und du darfst aus der kleinen Quelle trinken, die sich dort befindet. Das Wasser dort wird deine Sinne wecken. Und du wirst überall die Schönheiten der Erde riechen und schmecken und hören und fühlen."

Leonardo hüpfte fröhlich neben seiner Tante Lavendel her. „Die Welt gefällt mir sehr. Ich mag das Meer in all seinen Farben und mit all seinen Bewegungen, besonders wenn es hüpft und springt und sich hin und her wirft. Ich mag den Wind mit seinen vielen Sprachen und die Musik in der Kathedrale von Catania. Ich liebe den Duft der sonnengelben Zitronen und den Geruch der Erde nach dem Regen."

„Das ist gut", freute sich die Fee. „Und es wird dir über manche traurige Stunde hinweghelfen."

„Warum kannst du das nicht alles für mich zaubern?" erkundigte sich der Junge.

„Jede Fee, jede Hexe, jeder Magier und jedes magische Wesen kann nur begrenzt zaubern. Wir müssen unsere Kraft einteilen, damit wir in Notfällen die Welt bewegen können. Aber auch du kannst mit deinen Mitteln lernen, einen gewissen Zauber auszuüben. Dazu musst du dich nur ein bisschen anstrengen."

„Und wie geht das vor sich?"

„Du musst an dich und deine Kraft glauben. Dann musst du einen starken Willen entwickeln und an die Erfüllung deiner Wünsche glauben und hoffen. Du wirst merken, dass dann eine Energie in dir erwacht, und die musst du in dir entwickeln, bis sie größer und immer größer wird."

Der kleine Prinz hüpfte über die Steine. „Gut, das will ich mir merken. Wie weit ist es noch bis zum Valle del Bove?"

„Nicht mehr weit, mein Liebling, aber bis dahin musst du dich ein bisschen in Geduld üben, es geht noch über Stock und Stein."

Leonardo lachte. „Das macht gar nichts. Ich liebe die Steine, und eines Tages will ich auch ganz hohe Berge erklettern und oben als erster ankommen."

Lavendel schmunzelte. „Das wirst du, mein Junge. Aber bis dahin wirst du noch viel lernen müssen."

\*

In den Jugendjahren arbeitete der Prinz viel unter der Leitung seine Eltern. Der

Vater lehrte ihn das Fechten und den Sport der Verteidigung.

Salamander erwies sich als guter Lehrer für alle Schulfächer und Lavendel führte ihn weiterhin in die Natur, um seine Sinne zu öffnen.

Manche freie Stunde saß er mit ihr am Meeresufer und blickte auf die dunklen Felsen, die der Ätna vor unzähligen Jahrtausenden ins Meer gespuckt hatte. Unbeweglich verharrten die mächtigen Gesteinsbrocken dort und wurden vom schmeichelnden Meer umspült. Über die Klippen hinweg flogen die Seevögel und lachten und spotteten über die Vergänglichkeit des Augenblicks.

„Das Wasser nagt mit dem Zahn der Zeit an den harten Steinen", bemerkte Lavendel. „Es hat eine starke Kraft, die man nicht unterschätzen darf."

„Ich sehe oft auf das Meer", berichtete der junge Mann. „Manchmal sehe ich in die Ferne bis zum Horizont. Dorthin, wo man nichts mehr sieht, wo sich Himmel und Erde verbinden. Warum machen mich manche Dinge traurig."

„Manchmal ist es die Sehnsucht, die einen irgendwohin zieht, manchmal sind es die Unzulänglichkeiten der Erde, die einen traurig machen. Manchmal sind es die Stimmungen um dich herum, so, wie auch das Wetter Trübsal blasen kann. Aber manchmal ist es auch das Wetter in dir, das Stürme verursacht und es regnen lassen kann. Eines Tages wirst du das Geheimnis finden und spüren, was dich erlösen kann."

„Das sind aber viele große Worte", bemerkte Leonardo. „Es klingt alles so, als müsste ich viele Ereignisse geschehen lassen. Aber ich will nichts einfach so geschehen lassen. Ich möchte etwas bewirken, Gutes tun und eine bessere Welt schaffen."

„Das wirst du auch", versprach die Fee. „Denn nun bist du sehr groß geworden, und dein Vater wird dich bald in den Kampf schicken. Wenn du dort im Norden mit den kopflosen Ungeheuern Multipli kämpfst, dann wirst du Gelegenheit haben, deine Klugheit, deinen Mut und deine Kräfte zu gebrauchen. Vergiss aber dort nicht, was du alles in deiner Kindheit gelernt hast. Denn all das wird für dein ganzes Leben wichtig sein."

„Ich werde ganz gewiss immer daran denken", versicherte ihr der junge Prinz.

Die sonnigen Täler der Provinz Bozen gefielen Leonardo sehr, aber noch mehr fühlte er sich angezogen von den Bergen ringsumher, insbesondere von den Dolomiten, die ihn an die Felsen vor der Ostküste Siziliens erinnerten.

Herausfordernd schienen sie ihn anzusehen, und er wusste gleich im ersten Augenblick, dass er Lust hatte, diese bizarren Berge zu erklimmen und zu besiegen.

Bevor er jedoch dazu Zeit und Gelegenheit fand, begegnete er auf der kleinen Insel am Gardasee dem Baron Giovanni di Pipo, der ihn freundlich begrüßte.

„Ich bin froh, dass du da bist, mein Freund! Dein Vater hatte dich bereits angekündigt, und wir haben schon sehnsüchtig auf dich gewartet."

„Warum braucht ihr mich so dringend?" erkundigte sich Leonardo.

„Die Multipli machen uns schwer zu schaffen. Das sind kopflose Ungeheuer, die überall im Hintergrund lauern und jeden töten, der sich nicht wehren kann."

„Das ist furchtbar", fand der Prinz. „Warum sind sie so böse? Weil sie keinen Kopf haben?"

„Es ist noch viel schlimmer", verriet ihm Giovanni. „Sie sind nicht nur kopflos, sie haben auch kein Herz, obwohl sie das bis jetzt noch niemandem verraten haben. Aber es ist uns einmal gelungen, einen von ihnen gefangen zu nehmen, und da hat er sich verraten."

„Und warum kämpfen die Multipli überhaupt gegen uns?"

„Beim Kampf geht es immer um Macht und Geld. Diese bösen Ungeheuer möchten sich in unserem Land breitmachen und uns bis in den Süden hinunter verjagen. Und dafür kämpfen sie aus dem Hinterhalt."

„Da gibt es also keine Schlachten wie in einem gewöhnlichen Krieg", erkannte der Prinz, „dann muss man wohl sehr vorsichtig sein, um nicht in eine Falle gelockt werden."

„Das ist richtig", antwortete Giovanni. „Es ist absolut tödlich, in einen solchen Hinterhalt zu geraten. Und es sind schon einige von uns gestorben, die sich darum kümmern wollten, die braven Bürger vor den Multipli zu schützen. Fürchtest du dich davor?"

„Nein, vor dem Tod fürchten sich in Sizilien bei uns nur wenige, denn die Gefahren lauern überall, und man muss ihnen ständig begegnen. Der Vulkan bricht häufig aus und begräbt Landschaften unter sich, Skylla und Charybdis treiben ihr Unwesen mit den Fischern und auch mit den Personenschiffen, da muss man sich ständig in Acht nehmen."

„Ich sehe schon, du bist mutig, dich können wir gebrauchen. So hat dich dein Vater auch beschrieben, und er hat Recht gehabt."

Leonardo seufzte. „Ich weiß nicht, was die Menschen darunter verstehen, auch nicht, was du darunter verstehst, aber ich mag keine Ungerechtigkeit, und ich will friedliebenden Menschen helfen, dass man sie in Ruhe lässt. Ich werde meine Hände nur zur Verteidigung erheben."

„Bei den Multipli wird das sehr schwer sein", teilte ihm Giovanni mit. „Du hast gelernt, dich mit dem Degen zu verteidigen, hast Fechten gelernt, und wahrscheinlich auch das Schießen. Unsere Feinde arbeiten mit Waffen, gegen die man sich nicht wehren kann."

Der Prinz staunte. „Was sind das für Waffen?"

Es sind große Kugeln, die sie überall hinwerfen, und dort, wo sie etwas berühren, platzen sie mit einer enormen Gewalt. Alles, was sich dort in der Nähe befindet, wird in Stücke gerissen."

„Und wie kann man das verhindern?" erkundigte sich Leonardo.

„Wenn diese Kugeln einmal geworfen sind, kann man sie nicht mehr stoppen. Deswegen muss man die Lager suchen, in denen sie versteckt sind, und man muss auf so einen Multiplo aufpassen, wenn man ihn irgendwo entdeckt. Im Idealfall werden wir ihn dingfest machen, sodass er niemandem mehr schaden kann. In der ersten Zeit wirst du mit Ernesto unterwegs sein, damit er dich in alles einweist und du nicht allein bist."

„Und wann beginnt mein Dienst?" erkundigte sich der Prinz.

„Gleich morgen früh, denn wir sind ja froh, dass du endlich hier bist. Wir haben hier zwar gute Leute, aber über dich erzählt man, dass du keine Angst hast."

Leonardo schluckte. Wie gut, dass Giovanni nicht wusste, wie es in ihm wirklich aussah. Tatsächlich hatte er keine Angst zu kämpfen und fürchtete sich nicht vor den Gegnern. Angst hatte er nur in den stillen Stunden, denn dann hatte er Zeit genug, die Sprache seines Inneren zu verstehen.

„Ich werde mein Bestes geben", versprach Leonardo.

„Und jetzt bringen wird dich zuerst mit dem Schiff und dann mit der nächsten Kutsche nach Brixen. Du wirst dort, ganz in der Nähe, in der Höhle eines Berges leben, die dir wie ein Gefängnis vorkommen wird. Aber die Menschen, die mit dir kämpfen, sind alle nette Leute. Sie werden dir gute Gesellschaft leisten. Morgen früh wird es dann ernst, und ich wünsche dir alles Gute!"

Wenig später glitt das Boot ruhig und bei mildem Sonnenschein durch das Wasser des Sees und gelangte unbehelligt ans Ufer, sodass die Insassen unverletzt aussteigen konnten.

Die alte Kutsche wartete schon, und auch die Pferde traten unternehmenslustig von einem Huf auf den anderen.

Obwohl der Morgen gerade hereinbrach, fühlte sich der Prinz etwas müde, und kaum schaukelte und rumpelte das alte Gefährt los, war er auch schon eingeschlafen.

Am Dorfgasthof in der Nähe von Brixen, erwachte Leonardo am späten Mittag. Ernesto erwartete ihn schon.

„Wir werden gute Freunde sein", wünschte sich der Norditaliener. „Und deswegen habe ich noch eine sehr schöne Überraschung für dich."

Erwartungsvoll sah der Prinz in die dunklen Augen seines neuen Freundes. „Und ich habe gedacht, wir müssten jetzt ein paar Übungen machen."

„Nein", antwortete Ernesto resigniert. „Gegen solche Feinde ist man machtlos. Da braucht man einfach Glück und einen Schutzengel. Wir wollen heute Abend mit der Gondel auf den nächsten Berg und von da aus das Abendrot beobachten. Hier in den Bergen ist das ein Anblick, den man nie vergisst."

Leonardo nickte. „Das kann ich mir vorstellen. Wenn ich an das Abendrot denke, dass ich genoss, wenn die sizilianische Sonne ins Meer fiel, dann erwachen einige Erinnerungen in mir. Auch sehe ich noch genau das Bild vor mir, das sich mir bot, wenn ich auf dem Ätna stand und von dort oben weit über das unendliche Meer schauen konnte. Da bekam ich eine Ahnung davon, dass der Horizont unendlich ist."

„Das ist er", bestätigte Ernesto und führte den Prinzen zur Gondel.

Nachdem sie eingestiegen waren, und diese schwebende, räderlose Kutsche die beiden Freunde auf den hohen Gipfel der Brenta-Dolomiten führte, wagte Ernesto noch einmal einen Versuch und begann seinen neuen Freund wegen des nächsten Tages auszufragen. „Hast du denn einen Plan?

Weißt du schon, wo sich die nächsten Multipli aufhalten?"

„Sie sind im Tal, dort, wo viele Menschen sind, denn dort wollen sie ihr böses Werk vollbringen. Aber rede jetzt nicht davon! Gleich sind wir dem Himmel ganz nah, dort wo alles unsterblich ist. Wenn du oben auf dem Gipfel stehst, kannst du Gott die Hand geben."

„Ich bin in meiner Jugend oft auf den Ätna gestiegen, auch er hat die Höhe vieler Berge hier in den Alpen. Es ist ein großes Erlebnis, denn dort oben fühlt man sich nicht mehr so allein, nicht so wie unter vielen Menschen."

Der neue Freund nickte. „Wenn wir oben sind, wirst du die wahre Freiheit fühlen, denn da kannst du alle Gedanken abstreifen, ja, sogar alle negativen Gefühle, die dich am Boden halten wollen. Der Wind nimmt sie mit sich fort und trägt sie in die unendliche

Weite, und du wirst ganz leicht. Selbst die kalten eisernen Reifen, die manche um ihre Herzen tragen, lösen sich dort oben und die Lüfte geben dir ein Gefühl, schweben zu können."

„Das hört sich verlockend an", fand der Prinz. „Wann sind wir da?"

„Wir sind gerade an der Endstation der Bahn angekommen, und jetzt haben wir noch ein paar Meter zu klettern."

Nachdem sie aus der Gondel ausgestiegen waren, setzte Ernesto seinen Rucksack auf und führte Leonardo zu einem kleinen Steig, der hoch hinauf zum Gipfelkreuz führte.

„Hast du Angst?" erkundigte sich der neue Freund.

Leonardo schüttelte den Kopf. „Nein, ich weiß, wie gut ich aufpassen kann. Und ich weiß, dass meine Füße trittfest sind. Auch meine Hände sind griffsicher und können zupacken."

„Trotzdem werde ich dich anseilen", bestimmte Ernesto. „Es sollte nicht alles gleich mit gefährlichen Abenteuern losgehen. Heute wollen wir die friedliche Seite der Natur genießen. Auch sie kennt eine andere Seite, die voller Schatten und Gefahren ist. Morgen wird es dann für uns ernst."

Die Felsspitzen lagen vor den beiden Wanderern. Der Norditaliener hatte sich mit Seilen und Haken und allem, was man zum Bergsteigen benötigte, gut ausgerüstet, sorgfältig sicherte er seinen neuen Freund.

Voller Achtsamkeit suchten die Füße des Prinzen ihren Tritt in den Felsnischen, seine Hände spürten das alte, raue Gestein. Ehrfürchtig packte er zu und erklomm Stück für Stück die Felswand. Er empfand Dank für seinen Begleiter, der offenbar ähnliche Wünsche und Träume hegte wie er selbst.

Oben angekommen reckten sich die beiden Wanderer und streckten die Arme in die Luft. Sie atmeten die klare Luft tief ein und spürten ein besonderes Glücksgefühl, das sich in ihnen ausbreitete.

Vor ihnen lagen die Gebirgsketten, und der Blick schien ins Unermessliche zu gehen. Leonardo erinnerte sich an das Meer, denn auch hier bot sich seinen Augen der Anblick dunkler Wellen, die sich aus den Gebirgskämmen bildeten.

Schweigend standen die beiden jungen Männer eine Weile da, dann setzten sie sich auf das warme Gestein und ließen ihre Blicke auf den Gipfeln ruhen.

„Die Natur kann einem sehr viel schenken", begann Ernesto. „Mein Vater ist mit mir schon in die Berge gegangen, als ich noch ganz klein war. Ich spürte, dass man in dieser Landschaft ein Gleichgewicht wiederfinden kann. Und man ist Gott nahe."

Leonardo nickte und sah in den Himmel. „Meine Tante hat mich als Kind an die Hand genommen und dorthin geführt, wo man das Glück finden kann. Manchmal ist es ganz nah, aber bevor man es fassen kann, flieht es wieder."

„Du wirst es schon finden", orakelte Giovanni. „Und wenn du es gefunden hast, dann halte es fest!"

Eine ganze Weile saßen die beiden Freunde da und versuchten, ihrer Seele Ruhe zu geben.

Plötzlich tauchten weitere Bergsteiger auf, vier muntere junge Männer, die laut redeten und noch lauter lachten.

Das veranlasste den Prinzen und seinen neuen Freund, das eben noch so stille Plätzchen zu verlassen. Aufmerksam, so wie sie gekommen waren, stiegen sie den Berg wieder hinab.

Die weite Reise und die Bergwanderung hatten Leonardo ermüdet, und so war er froh, dass ihn sein Freund in die große Höhle führte, in der er ein mäßig bequemes Nachtlager aus Stroh fand.

*

Am anderen Morgen entdeckte der Prinz, dass sich sein romantischer Freund völlig verändert hatte. Aus dem stillen Träumer wurde ein lauter Befehlshaber, der eine ganze Truppe von jungen Männern anführte und zur Arbeit antrieb.

„Wir haben einen Hinweis bekommen, dass sich einige Multipli am Bahnhof herumtreiben. Wir müssen sie ausfindig machen und gefangen nehmen!"

Leonardo folgte der Gruppe, die in der Nähe des Bahnhofs stehen blieb. Dort verteilte Giovanni kleine Tüten mit Salz an alle jungen Männer. „Damit müsst ihr die kopflosen Ungeheuer bestreuen.

Wenn euch das gelingt, habt ihr schon halb gewonnen, denn schon ein paar Krümel davon genügen, um sie zu betäuben."

„Wie erkennen wir sie?" fragte der Prinz seinen Nachbarn Bero. „Halten sie sich denn nicht in Verstecken auf?"

„Am Tag verwandeln sie sich in Menschen. Dann musst du dich nah an sie heranwagen. Sie haben nämlich kein Herz, und daher kannst du ihren Herzschlag nicht hören. Du kannst es auch an den Handgelenken merken, denn du kannst bei ihnen keinen Puls fühlen, weil sie keinen Puls haben."

„Und warum fangen wir sie dann nicht nachts?"

„Nachts sehen sie aus wie die Schatten, dann kann man sie noch weniger erkennen. Und sie haben im Dunkeln einen guten Spürsinn, etwa so wie die Fledermäuse."

Leonardo seufzte. „Das wird schwer werden."

Er beobachtete die Menschen, die vom Bahnhof kamen. Bei einem Reisenden empfand er plötzlich das Gefühl, einen Unmenschen vor sich zu haben. Eilig griff er zu seinem Säckchen, langte hinein und beförderte ein paar Körnchen Salz aus dem Leinenbeutel.

Als der Fremde ganz nah herangekommen war, warf der Prinz ein paar Salzkristalle auf seinen Kopf. Gebannt wartete er ab, was geschehen würde.

Tatsächlich blieb der böse schauende Mensch stehen, verharrte auf dem Fleck und verwandelte sich augenblicklich in ein kopfloses Monster.

Die neuen Freunde des Prinzen eilten herbei, legten das seltsame Wesen in Ketten und beglückwünschen Leonardo zu seinem ersten Erfolg. „Du hast ein gutes Gespür", lobte ihn Bero. „Dich können wir gut gebrauchen."

Aber schon im nächsten Moment gab es einen ohrenbetäubenden Knall, und ein Teil des Bahnhofsgebäudes explodierte. Unzählige Teile flogen umher und verletzten die umstehenden Menschen, die angstvoll, erschrocken und vor Schmerzen schrien.

Kurz darauf erschienen aus allen Richtungen viele Leute, die zur Hilfe eilten und sich um die Verletzten kümmerten.

Nachdem ein wenig Ruhe eingekehrt war, versammelte Bero alle Freunde um sich herum und prüfte nach, ob die Gruppe vollzählig war.

Doch schon bald stellte sich heraus, dass Ernesto fehlte, und alle Freunde begannen, ihn zu suchen.

Wenige Minuten später fanden sie ihren Chef, aber offenbar hatten sich die

Multipli an ihm gerächt, denn sie hatten ihn in einen großen schwarzen Stein verwandelt.

„Was ist mit ihm?" wollte Leonardo wissen.

„Wir können ihn nicht retten", antwortete Bero. „Das haben die Multipli schon mit einigen von uns gemacht. Vierzig große Steine liegen schon oben auf dem Berg beim Rosengarten, und bisher haben wir noch keinen Zauber gefunden, der sie aufwecken kann. Die Multipli können das, aber sie verraten uns natürlich ihren Zauber nicht."

Der Prinz erschrak. „Das ist doch schrecklich. Es muss doch irgendein Gegenmittel geben."

„Natürlich gibt es das. Es gibt gegen alles ein Gegenmittel. Aber diese bösen Ungeheuer verraten uns natürlich nicht, welchen Zauber man benutzen muss, um aus den Steinen wieder Menschen zu machen."

Entsetzt schaute Leonardo in die Runde. „Aber wir müssen doch etwas tun! Ernesto war mein Freund und ein wunderbarer Mensch. Wir können jetzt nicht einfach zusehen, wie er ein Stein bleibt.

Plötzlich tauchte Giovanni auf und wandte sich an den Prinzen. „Das tut uns allen sehr leid, dass Ernesto momentan nicht bei uns sein kann. Aber wir können es nicht ändern. Und wir müssen einfach dafür sorgen, dass alle Multipli gefangen werden, damit ihre grausamen Verbrechen bald aufhören."

Der Prinz wischte sich die Tränen aus den Augenwinkeln. „Er war mein Freund", stammelte er.

„Er war unser aller Freund", berichtigte ihn Bero. „Und wir finden es alle genauso schlimm wie du. „Aber wir müssen handeln, es bleibt uns nichts anderes übrig, als weiter gegen diese schlimmen Ungeheuer zu kämpfen. Wirst du jetzt zurückfahren nach Sizilien oder wirst du uns weiterhelfen?"

„Leonardo soll jetzt erst einmal schlafen", schlug Giovanni vor. „Er soll sich jetzt beruhigen. Wir werden ihn morgen noch einmal fragen."

Der Prinz schüttelte den Kopf. „Nein! Natürlich werde ich bei euch bleiben. Ich werde nicht eher ruhen, bis der letzte Multiplo gefangen ist."

Bero nahm Leonardo in den Arm. „Wir danken dir dafür, und alle anderen Menschen sind dir auch sehr dankbar, aber jetzt gehen wir erst mal in die Höhle zurück, damit du dich etwas ausruhen kannst."

„Nein, ich mache jetzt hier mit euch weiter. Jeden Tag! Aber einen Wunsch habe ich."

„Sag ihn!" forderte ihn Giovanni auf.

„Ab und zu möchte ich einmal in die Berge hinauf, vielleicht, wenn ich einen freien Tag habe."

„Den sollst du haben", versprach ihm der Graf. „So oft es geht."

An diesem Tag fing der Prinz noch drei weitere der bösen Ungeheuer, und alle waren ihm sehr dankbar.

*

Mehrere Jahre blieb Leonardo bei der Gruppe seiner neuen Freunde. Mit seinem guten Gespür half er, viele kopflose Ungeheuer einzufangen, und es wurden daraufhin in dieser Gegend immer weniger von ihnen gesehen. Immer seltener gelang es den Multipli, mit ihren gefährlichen Bällen Schaden anzurichten, und mit der Zeit sah die Bevölkerung in diesem Landstrich friedlichere Tage, in denen brutale Aktionen die Ausnahme blieben.

Das lag zum Teil auch daran, dass sich die Multipli im Norden Italiens, in Südtirol, nicht mehr sicher fühlten und sich mehr und mehr in andere Regionen und andere Länder zurückzogen.

*

So kam es, dass der Prinz mit fünfundzwanzig Jahren wieder etwas mehr Zeit für sich selbst fand, und er begann, die Berge, die Dolomiten zu näher zu erkunden.

Seine erste große Wanderung führte ihn zum Rosengarten, einer mächtigen Berggruppe, die dafür bekannt war, dass ihre Gipfel im Abendlicht rosenrot leuchteten.

Leonardo spazierte schon am frühen Morgen los, um noch bei Tageslicht in einer Schutzhütte anzukommen.

Als es hell wurde, leuchten ihm die bizarren Berge entgegen und ließen sein Herz höherschlagen.

Doch als er beim ersten Felsen den Haken in die Wand schlug, erinnerte er sich an Ernesto und wurde sehr traurig. Er dachte auch an seine alte Traurigkeit, die ihn früher zuweilen überfallen hatte und an seine Angst vor der Dunkelheit. Er erinnerte sich an die Fee, seine Tante Lavendel und wünschte sich, er könne sie jetzt herbeizaubern.

In diesem Augenblick schlüpfte ein Murmeltier aus seinem Bau, machte ein

Männchen und sah ihn aus seinen munteren braunen Augen fröhlich an.

Der Prinz wollte sich schon leise zurückziehen, aber das kleine Tier sprach ihn an: „Ich bin eines der Murmeltiere, das zum Volk des Königs Laurin gehört. Bestimmt hast du schon von dieser Geschichte gehört."

Leonardo nickte. „Er war ein sehr mächtiger Herrscher in diesem wunderschönen Rosengarten", begann der junge Mann. „Und ich erinnere mich daran, dass er Similde, die Tochter eines Königs an der Etsch, ohne Bedenken raubte. Das geschah, weil er sich mit einem einzigen Augenblick in sie verliebt hatte, und er glaubte, ohne sie nicht mehr leben zu können. Leider konnte er mit ihr nicht glücklich werden, denn ihr Verlobter spürte das Versteck auf und ließ Laurin gefangen nehmen. Der König des Rosengartens jedoch sprach einen Fluch über dieses Gebirge aus, und seitdem ist es eine verwunschene Gegend. Er wünschte, dass der wunderschöne Rosengarten bei Tag und bei Nacht nicht mehr zu sehen sei, und so geschah es dann auch. Aber er hatte die Dämmerung vergessen, und daher kann man bei schönem Wetter die rosa leuchtenden Gipfel immer noch bewundern."

„Genauso war es", bestätigte das Murmeltier. „Ich heiße übrigens Clara, und bin schon so alt, dass ich mich gar nicht mehr an mein Alter erinnern kann. Wir Murmeltiere sind früher die Freude des Königs Laurin gewesen und hatten ebenfalls menschliche Gestalt, aber ohne unseren Regenten hätte man uns sicher als Menschen von hier verjagt. Daher haben wir geschworen, so lange in der Gestalt der Murmeltiere zu bleiben, bis unser Herrscher wieder frei ist. Ganz abgesehen davon können wir hier in dieser Verkleidung besser für das Gebirge sorgen. Unter unserer Pflege bleibt es schön und strahlend."

„Das ist mir schon aufgefallen", bemerkte der Prinz. „Die Natur ist hier noch ziemlich im Gleichgewicht. Aber wie ist das denn mit eurer Verwandlung. Gibt es hier Zauberwesen, die solche Wandlungen vornehmen können?"

„Weswegen möchtest du das wissen?" erkundigte sich Clara.

„Die Multipli haben schon einige meiner Freunde in Steine verwandelt. Ich wäre überglücklich, wenn ich jemanden fände, der aus ihnen wieder Menschen macht."

„Hier gibt es einige Zauberwesen in den Dolomiten", verriet das Murmeltier. „Da sind eine Menge Elfen und Feen, die sowohl in den Wäldern als auch in Gesteins-Höhlen leben. Oft verkleiden sie sich auch als Menschen, aber ich bin ganz sicher, dass du sie erkennen wirst. Ich spüre nämlich, dass du ein Mensch mit offenen Sinnen und offener Seele bist."

„Das mag stimmen", überlegte Leonardo. „Aber ich bin auch ein trauriger Mensch. Wenn ich über die Welt nachdenke oder in mich hineinschaue, dann fühle ich manchmal eine Leere, die mich einsam macht, selbst wenn ich mitten unter Menschen bin."

„Dann bist du unter den falschen Menschen", wusste Clara. „Mit deinem Freund, da hast du dich doch bestimmt nicht einsam gefühlt."

Der Prinz nickte. „Ja, genauso ist es gewesen. Wir waren uns ähnlich, unsere Empfindungen glichen sich."

„Siehst du, das ist es. Du bist dann einfach unter den falschen Leuten, wenn du dich schlecht fühlst. Aber auch ich habe ein gutes Gespür, und ich ahne, dass du jemanden finden wirst, der dich trösten kann, und der dir all deine Traurigkeit nimmt."

Leonardo atmete auf. „Das ist ein schöner Gedanke. Und jetzt möchte ich noch ein Stück den Berg hoch wandern. Willst du mich begleiten?"

Das Murmeltier schüttelte den Kopf. „Am besten bleibst du noch eine Weile hier, denn es wird gleich ein Unwetter geben. Es ist besser, du bringst dich jetzt nicht in Gefahr. Du kannst dich hier unter dem Felsvorsprung verstecken, da bist du ziemlich sicher."

„Ich werde auf dich hören", entschied der junge Mann. „Du wohnst hier und kannst bestimmt das Wetter besser voraussehen als ich."

Er begab sich unter das Felsdach und das possierliche Murmeltier begleitete ihn.

Schon wenige Minuten später ballten sich die Wolken zusammen, türmten sich übereinander und stießen grollende Töne aus. Kurz darauf folgten zuckende Blitze und dröhnende Donner, und wenig später drängte ein starker Regen zu Boden, verdichtete sich, sodass es aussah, als fielen Leinentücher vom Himmel.

Clara schmunzelte. „Ich sehe, du hast keine Angst. Du bist ein mutiger Mensch. Du wirst deinen Weg gehen. Und die Geschenke, die dir die Natur gegeben hat, werden dich bestimmt noch erfreuen. Sogar deine feinen Gefühle sind ein Geschenk, auch wenn sie dich mit ihren Schatten einsam machen."

Es dauerte nicht lange, da klarte der Himmel auf, und die Sonne breitete sich überall aus.

Das Murmeltier freute sich. „Jetzt kannst du auf dem Berg steigen. Sei immer achtsam, denn dein Leben ist wertvoll."

Kaum hatte es diese Worte ausgesprochen, huschte das Tier davon und verschwand in einem nahen Bau.

Leonardo setzte seinen Weg fort und bestieg den ersten Gipfel des zauberhaften Rosengartens. Oben angekommen verweilte er eine Zeit lang und gedachte seines steinernen Freundes.

Als er in den Himmel schaute, entdeckte er einige Vögel, die über ihm kreisten, und er wünschte sich, ebenfalls fliegen und davon schweben können.

Als der Nachmittag kam, begab er sich auf den Rückweg, vorsichtig absteigend und häufig an die mahnenden Worte des Murmeltieres denkend.

Wenige Stunden später gelangte er unversehrt ins Tal und kehrte in die Höhle zu seinen Freunden zurück.

*

Eines Tages wurde der Prinz in ein benachbartes Tal gerufen, dessen Straße sich hoch hinauf zu den Zillertaler Alpen schlängelte. Man hatte ihm mitgeteilt, dass sich in einem hochgelegenen Dorf möglicherweise einige Multipli versteckten, und so begab er sich an diesen einsamen Ort.

Obwohl diese versteckte Siedlung sehr hoch im Tal lag, und einem von dort aus schon eine atemberaubende Sicht auf die nördliche Alpenkette geschenkt wurde, lagen die Häuser unterhalb der Baumgrenze, zwischen frisch grünen Almen und neben dunklen, schlanken Fichten, die einen würzigen Duft verströmten.

Leonardo konnte sich kaum vorstellen, dass sich hier eines der bösen Ungeheuer wohlfühlen könnte.

Er atmete die würzige Luft der Blumenwiesen tief ein und streckte sich ein wenig. „Dieser Ort mit dem Namen Selva dei Molini hat eine besonders sonnige Atmosphäre", teilte er seinem neuen Freund Carlo mit. „Ich habe nicht das Gefühl, dass sich hier die Multipli gern aufhalten."

„Man weiß nie, welche Taktik sie heute oder morgen anwenden", überlegte der Kollege. „Vergiss nicht, dass sie sich auch in ganz gewöhnliche Menschen verwandeln können, und damit können sie uns völlig verwirren."

„Ich frage einfach mein inneres Gefühl", teilte ihm der Prinz mit. Und im Moment habe ich ein gutes."

„Dann kann ich mich ja ein Weilchen schlafen legen", schlug Carlo vor. „Ich habe die letzte Nacht schlecht geschlafen und könnte ein Nickerchen gut vertragen."

Leonardo lächelte. „Das hast du dir auch verdient. Ich werde in den nächsten Stunden für dich mit aufpassen."

Während sich der Freund in die Wiese legte und die Augen schloss, setzte sich der Prinz in einen Apfelbaum und beobachtete die Gegend ringsumher.

Plötzlich setzte sich ein Schmetterling auf seine Hand und sprach ihn an. „Ich hoffe, du isst nicht alle Äpfel auf!"

Der Prinz ging auf seinen Scherz ein. „Wäre das so schlimm? Was bekomme ich denn dann noch, außer Bauchschmerzen?"

„Mit Äpfeln muss man vorsichtig sein. Du erinnerst dich doch bestimmt daran, dass es einmal neugierige Menschen gab, die vom Baum der Erkenntnis gegessen haben."

„Ja, aber ich denke, jeder kann noch etwas Erkenntnis gebrauchen, und ich auch. Oder gibt es etwas dagegen einzuwenden?"

„Wer zu viel fühlt und zu viel denkt, hat zwar keine Spinnweben in sich, aber der baut sich manchmal Labyrinthe, aus denen er selbst nur schwer wieder herausfinden kann. Und da gibt es manchmal auch dunkle Ecken, in denen man nicht sieht, wie es weitergeht."

„Das klingt interessant", fand Leonardo. „Sagst du mir das jetzt nur so allgemein, oder hast du einen besonderen Grund und möchtest mich auf irgendetwas vorbereiten?"

„In der nächsten Zeit wirst du verschiedene Wesen kennenlernen, die auch in deinem weiteren Leben Bedeutung haben. Darauf möchte ich dich vorbereiten. Am besten ist es, wenn du dir selbst treu bleibst und nicht auf andere hörst, die glauben, alles besser zu wissen."

„Danke schön!" antwortete der Prinz, doch er stellte fest, dass der kleine Schmetterling schon wieder verschwunden war.

Nachdenklich stieg der junge Mann vom Apfelbaum und überlegte, ob ihm der Schmetterling einen Hinweis auf versteckte Multipli gegeben hatte. Aber so viel er auch darüber nachdachte, er kam zu keiner Lösung. Daher entschloss er sich, in der nächsten Zeit unbedingt sehr achtsam zu sein.

In diesem Augenblick erwachte Carlo und reckte sich. „Ich hatte einen wunderschönen Traum. Eine schöne Fee hat mich geküsst, und ich habe mich sehr gut gefühlt, doch wie ich sehe, hat uns beide inzwischen hier nur die Sonne geküsst."

Leonardo erzählte ihm von seinem Erlebnis mit dem kleinen Schmetterling.

„Wir müssen also in der nächsten Zeit sehr wachsam sein", forderte er seinen Freund auf.

„Darauf kannst du dich verlassen", antwortete Carlo. „Ich habe nicht die geringste Lust, mein Leben als Stein zu verbringen. Und jetzt kannst du dich etwas ausruhen, und ich werde die Wache übernehmen!"

Zuerst wollte sich der Prinz nicht darauf einlassen, aber nachdem ihn sein Kollege immer weiter drängte, stimmte er zu.

„Gut. Dann werde ich jetzt einen kleinen Spaziergang unternehmen. Ich möchte zu gern sehen, wie es hinter der nächsten Bergkuppe aussieht. Dieser kleine Hügel hier nimmt mir die ganze

Sicht auf die nördliche Alpenwand. Ich habe das Gefühl, dass dahinter eine Überraschung auf mich wartet."

Carlo schmunzelte. „Dann beeil dich! Sonst läuft sie dir vielleicht noch davon."

*

Staunend betrachtete Leonardo die bizarre Felswand, die seine Augen hinter dem Hügel entdeckten.

Aber noch mehr staunte er, als er auf der Wiese ein weibliches Wesen in einem langen, weißen Kleid sah, das dort gerade Blumen pflückte, und es schien ihm von außergewöhnlicher Schönheit zu sein.

Ob dieses Mädchen wohl eine Fee war? Sehr zart sah sie aus, und als er sich Schritt für Schritt näher an sie heranwagte, befürchtete er, dass sie sich gleich wie ein Nebelbild auflösen würde.

Doch das Bild war kein Trugbild, und er konnte zu seiner großen Freude feststellen, dass er nicht träumte, denn schon drehte sich dieses zauberhafte Wesen um und sah ihn an.

Er blickte in ihre großen Augen, die ihn verwundert ansahen, und in diesem Augenblick spürte er, dass sein Herz schneller zu schlagen begann. Unzählige klingende Töne schienen in ihm zu musizieren, fügten sich zusammen zu einer traumhaften Melodie, die ihn erfüllte und entzückte.

Leonardo stellte fest, dass ihn die Fremde ebenfalls unverwandt ansah, ihre Blicke trafen sich und fanden sich in einer magischen Verbindung.

Wieder befürchtete er, dass dieser zauberhafte Moment ein Traum sein könnte, und deswegen besann er sich schnell und fragte sie: „Wer bist du?"

Mit Freude beobachtete er, dass sich ihr süßer Mund öffnete und sie mit einer sanften, zarten Stimme zu sprechen begann: „Ich heiße Elisa. Ich bin die Tochter einer Fee, aber mein Vater war ein Mensch, und deswegen bin ich ein Doppelwesen, dass weder in dem einen noch in dem anderen Reich wirklich zu Hause ist."

„Meine Tante ist auch eine Fee", berichtete er schnell. Und mein Onkel ist ein Magier. Daher kenne ich mich ein wenig aus mit Menschen und Zauberwesen."

„Wie schön!" freute sie sich, und ihr Lächeln vertiefte sich. „Was machst du hier?"

„Ich habe den Auftrag, die Menschen vor den bösen Ungeheuern, den Multipli zu beschützen. Und nach Möglichkeit soll ich auch Multipli einfangen, damit sie keinen Schaden anrichten."

„Das ist eine sehr gute Aufgabe", fand sie, „aber sie ist auch sehr gefährlich."

„Ja, denn die Multipli sind sehr grausam. Einige meiner Freunde müssen seitdem als Steine in Erstarrung leben. Deswegen bin ich jedes Mal froh, wenn ich eines dieser Ungeheuer fangen konnte."

Elisa sah ihn betrübt an „Gibt es denn keinen Zauber gegen diese Wesen?"

„Bis jetzt hat noch keiner ein Mittel gegen sie entdeckt. Vielleicht muss auch erst noch etwas erfunden werden. Aber jetzt erzähle mir bitte von dir! Was machst du hier?"

„Ich sammle hier für meine Mutter Kräuter und Blumen, denn sie kennt viele Rezepte, bei denen man beides gebrauchen kann. Sie verwendet diese Pflanzen zu den Mahlzeiten, aber auch als Medizin. Und jetzt muss ich schnell wieder gehen, denn sie wartet schon auf mich."

Eilig ergriff er ihre Hand. „Aber ich muss dich wieder sehen."

Sie lächelte. „Das wäre sehr schön. Aber wir sind nur noch bis morgen in diesem Tal. Dann müssen wir wieder in eine andere Gegend, weil dort wieder andere Blumen und Kräuter wachsen."

Enttäuscht sah er sie an. „Aber ich kann nicht von hier fort. Ich muss hierbleiben und dafür sorgen, dass Menschen geschützt werden."

„Das verstehe ich", antwortete sie. „Aber wir kommen in regelmäßigen Abständen wieder hier in dieses Tal zurück. Zwei Jahre lang machen wir diese Kräuterreise. Doch wenn wir sie beendet haben, werden wir nicht weit von hier ein kleines Haus beziehen, das meiner Tante gehört. Dann werde ich für lange Zeit hier sein."

„Zwei Jahre sind eine lange Zeit", fand er. „Aber wir werden sie schon überstehen, besonders, wenn wir uns zwischendurch ab und zu sehen. Ich möchte dich nämlich am liebsten gar nicht mehr fortlassen."

Elisas Augen strahlten. „Ich möchte auch am liebsten hierbleiben und dich näher kennenlernen. Ich habe eine Brieftaube, und ich werde dir täglich einen Brief schicken, wenn ich fort bin."

„Und ich werde den Vogel mit einer Antwort wieder zurückschicken, jeden Tag", versprach er. „Sehen wir uns denn noch einmal, bevor ihr weiterzieht?"

Traurig sah sie ihn an. „Ich fürchte, das wird nicht gehen. Ich muss meiner Mutter noch beim Packen helfen."

Er fasste sich ein Herz. „Wenn das so ist, dass wir uns vielleicht erst nach einer gewissen Zeit wieder sehen, dann kann ich nicht länger warten. Ich muss dir das sagen, was ich fühle. Denn ich liebe dich!"

Ihre Augen strahlten und leuchteten wie Sterne. „Ich habe es auch sofort gespürt", verriet sie ihm. „Mein Herz hat den Takt deines Herzens gefunden. Und unsere Seelen fanden zueinander. Es hat sich angefühlt wie eine Sternstunde, die es in vielen Jahrtausenden nur einmal gibt."

Nachdem sie ihm ihre Gefühle offenbart hatte, konnte er sich nicht mehr zurückhalten. Er zog sie an sich und küsste sie. Zärtlich fanden sich ihre Lippen, leidenschaftlich berührten sie sich und die beiden Verliebten konnten spüren, wie ihre Gefühle große Flammen schlugen.

Als sich die junge Frau langsam und bedauernd aus seinen Armen löste, spürten sie beide, welch großer Schmerzen ihnen diese Trennung schon jetzt bereitete.

„Ich werde es nicht aushalten können ohne dich", prophezeite er und hielt ihre Hände fest.

„Und ich werde versuchen, so oft wie möglich in dieses Tal zu kommen, damit wir uns zwischendurch berühren können. Und damit du weißt, dass ich hier bin, werde ich ein kleines, weißes Taschentuch in den Baum hängen. Wundere dich nicht, wenn es nass ist. Denn in dieses Tuch werde ich alle meine Tränen weinen, wenn ich mich nach dir sehne."

„Ich werde jeden Tag zum Apfelbaum gehen und nachschauen, ob du hier bist", versprach er.

Noch einmal küsste er sie leidenschaftlich, und sie spürten die bittere Süße des Abschiedsschmerzes, der ihren Kuss mit salzigen Tränen begleitete.

„Ich komme wieder", versprach sie und eilte davon, ohne sich noch einmal umzudrehen.

Traurig und doch berauscht von den großen Gefühlen dieser Liebe wanderte er zurück zu der Stelle, an der Carlo auf ihn wartete.

„Du siehst ganz verändert aus", wunderte sich der Freund.

„Ich habe eben meine große Liebe gefunden, das macht mich so glücklich. Denn endlich habe ich das Gefühl, mit Elisa meine Traurigkeit verlieren zu können. Doch in den nächsten zwei Jahren können wir uns nur sehr selten sehen. Das bereitet mir jetzt schon Schmerzen."

Carlo staunte. „Du hast dich so schnell verliebt. Und du weißt schon beim ersten Augenblick, dass diese Frau dein Lebensglück bedeutet?"

Leonardo nickte bedächtig. „Ja, wir haben es beide sofort gespürt. Wir hatten das Gefühl, uns schon zu kennen, uns schon einmal gesehen zu haben. Und so haben wir uns wiedergefunden, dieses Gefühl erfüllte mich in dem Augenblick, als ich ihr in die Augen sah."

„Warum bleibt sie nicht bei dir?" fragte der Freund mit einem verständnislosen Blick.

„Ihr Vater ist ein Mensch, aber ihre Mutter ist eine Fee, und die haben immer große Aufgaben zu bewältigen. Für sie muss Elisa Blumen und Kräuter sammeln, und dazu begeben sie sich momentan gerade auf eine Reise in alle Täler, in denen es essbare Blumen und heilende Kräuter gibt."

„Das tut mir leid für euch", antwortete der Freund. „Dann müsst ihr noch ein Weilchen warten, bis ihr vollkommen glücklich sein könnt."

„Auch wenn mir Elisa jetzt schon sehr fehlt, so bin ich doch auch unsagbar glücklich, denn sie hat meine Liebesgefühle geweckt. Noch nie habe ich mich so lebendig gefühlt. Noch nie habe ich dieses Feuer in mir erlebt, und noch nie habe ich so genau gewusst, was ich will."

Carlo schmunzelte. „Und was willst du?"

„Ich will Elisa heiraten und sie lieben, heute, morgen und für alle Ewigkeit."

„Wenn es dir so ernst damit ist, dann wünsche ich dir das auch", antwortete der Freund. „Ich werde jetzt besonders gut auf dich aufpassen, damit dir auch in Zukunft nichts passiert und deinem Glück nichts mehr im Wege steht."

\*

Voller Elan versah der Prinz in den nächsten Wochen seine Arbeit. Zum ersten Mal in seinem Leben fühlte er sich nicht mehr allein. Jeden Tag brachte die Taube Gloria einen Brief von Elisa, und er hatte ebenfalls jeden Tag eine Botschaft für seine Geliebte. In jeder Nachricht schrieben sie sich, was sie füreinander fühlten, teilten sich mit, wie sehr sie sich nacheinander sehnten und wie sehr sie sich auf ein Wiedersehen freuten.

Als Braut und Bräutigam, schickten sie sich Ringe und schworen sich ewige Treue.

Doch aus einem baldigen Wiedersehen wurde nichts, weil beide keine Möglichkeit hatten, ihren ständigen Pflichten zu entkommen und zu einem Treffpunkt aufzubrechen.

*

Im Winter, als ein halbes Jahr vergangen war, wurde der Prinz in ein Nachbartal versetzt und musste von seinem Freund Carlo Abschied nehmen. Beiden fiel diese Trennung sehr schwer, denn sie waren inzwischen gute Freunde geworden und erzählten sich alle Geheimnisse, obwohl dies bei den damaligen jungen Männern dort nur selten vorkam.

Sie hatten sich gegenseitig aus mancher Gefahrensituation herausgeholfen und konnten sich aufeinander verlassen. Nun waren sie gezwungen, mit neuen Kollegen gut zurechtzukommen und neue Freunde zu finden.

Roberto, ein lebenslustiger junger Mann, gehörte bald zu den neuen Kollegen, die sich um Leonardos Freundschaft bemühten. Der Prinz, der sich an seinem neuen Arbeitsplatz erst ein wenig von den anderen zurückgezogen hatte, ließ schließlich die Gesellschaft des jungen Neapolitaners zu, und sie verbrachten ihre freie Zeit gemeinsam.

Zwar mochte Roberto nicht in die Berge, die ihm nicht besonders viel bedeuteten, aber er kannte viele Gaststätten, in denen am Wochenende fröhlich gefeiert wurde. Dort wurde gelacht, gesungen und getanzt, und so fand sich Leonardo bald in sehr lebendigen, lustigen Gesellschaften.

Aufgrund seines höflichen Wesens und seiner anziehenden Erscheinung gab es viele Männer und besonders auch Frauen, die sich um seine Bekanntschaft bemühten.

Leonardo war kein Spielverderber, sondern feierte fröhlich mit, zeigte dabei auch allen stolz seinen Verlobungsring, den er ständig am Finger trug.

Trotzdem gab es einige Frauen, die alles Erdenkliche daransetzten, diesen schönen Prinzen für sich zu erobern.

Der junge Mann blieb jedoch standhaft und wies alle Frauen, die allzu aufdringlich worden, höflich, aber energisch ab.

Roberto lachte darüber. „Du bist sehr dumm", sagte er zu seinem neuen Freund. „Mit all diesen schönen Frauen könntest du auch sehr viele schöne Stunden erleben, aber du lehnst alle reizenden Frauen ab, weil irgendwo ein Mädchen sitzt, von dem du glaubst, dass sie ständig an dich denkt."

„Das glaube ich nicht nur, das weiß ich, und das spüre ich", erwiderte Leonardo.

Roberto lachte ihn aus. „So etwas gibt es gar nicht, und ich weiß nicht, warum du hier all den schönen Mädchen einen Korb gibst, die dich umgarnen und offensichtlich verwöhnen wollen."

„Elisa ist mir bestimmt treu", erwiderte der Prinz. „Und ich interessiere mich auch gar nicht für all die anderen Frauen. Mein Herz gehört meiner Braut, und so soll es auch bleiben."

Erneut gab der Kollege ein spöttisches Lachen von sich. „Du bist ein junger Mann und bläst viel Trübsal?! Dort, wo sich deine Braut befindet, sind mit Sicherheit auch hübsche Männer. Wenn sie dich wirklich liebte, dann wäre sie jetzt hier bei dir."

„Die Arbeit ist es, die uns beiden einen Strich durch die Rechnung macht", erwiderte Leonardo. „Wir müssen erst unsere Pflichten erfüllen, und dann haben wir Zeit für unser Vergnügen."

„Wann werdet ihr euch denn wieder sehen?" erkundigte sich der neue Freund.

„Falls das Schicksal uns weiter auf die Probe stellt, spätestens in anderthalb Jahren. Aber solange wird es bestimmt nicht dauern."

„Du bist ein Dummkopf", spottete Roberto. „Elisa wird sich bestimmt dort, wo sie ist, ein schönes Leben machen. Du bist hier, und sie ist da. Vielleicht liebst du nur noch das Bild von ihr?! Oder einen Traum?! Ihr habt euch ja nicht einmal richtig kennenlernen können. Möglicherweise ist sie im echten Leben ganz anders als du denkst."

Der Prinz schüttelte energisch den Kopf. „Nein, so ist das wirklich nicht mit uns. Wir haben uns gleich in der ersten Sekunde erkannt und wussten, dass wir füreinander bestimmt sind. So etwas spürt man im Herzen, in der Seele und im ganzen Körper."

„Deswegen muss es ja noch nichts für die Dauer sein", reklamierte der Kollege. „Im Augenblick bist du hier und verpasst die schönste Zeit in deinem Leben. Jetzt bist du noch jung und gefällst den Frauen. Wer weiß, was das Leben dir morgen zu bieten hat?! Vor allem in diesem Beruf. Vielleicht sind wir beide morgen schon tot oder zu Steinen geworden. Dann hast du nichts erlebt und ein armseliges Leben verbracht."

„Mein Herz schlägt aber für Elisa", sagte der Prinz fest. „Und darin ist kein Platz für eine andere Frau."

„Du musst einer anderen ja nicht gleich dein Herz schenken!" empfahl Roberto. „Aber ein bisschen amüsieren kannst du dich doch."

„Ich amüsiere mich ja", widersprach Leonardo. „Was willst du eigentlich von mir. Ich verhalte mich völlig normal."

„Das musst du mir erst beweisen", lockte ihn der Freund. „Ich bin heute Abend zu einem Fest eingeladen, oben auf einer Almhütte. Dort sind lauter nette Leute. Wenn du keine Angst hast, dann komm doch mit!"

Leonardo zögerte. „Wie kommt man denn dorthin?"

„Eine Gondelbahn fährt dort hinauf und auch wieder hinunter. Du kannst mich ein Stündchen begleiten und zeigen, dass du kein Feigling und kein Spielverderber bist."

Der Prinz zierte sich eine ganze Weile und versuchte Ausreden zu erfinden, die sein Fernbleiben erklären sollten, aber Roberto ließ keine von ihnen gelten, und so versprach Leonardo schließlich, den neuen Freund zu diesem Hüttenfest, wenigstens für eine Stunde, zu begleiten.

*

Es begann dunkel zu werden, als die beiden an der Hütte ankamen, aus der laute fröhliche Musik erklang.

Ein kalter Wind hatte sie das letzte Stück von der Gondel bis zu der kleinen Behausung begleitet, doch als sie in die hell erleuchtete Stube traten, umfing sie eine wohlige Wärme.

Die beiden neuen Gäste wurden von einigen jungen Frauen und Männern fröhlich empfangen, während im Hintergrund die einschmeichelnden Melodien eines Zitherspielers eine romantische Stimmung verbreiteten.

Eine junge, schöne Frau strebte auf Leonardo zu. „Ich bin Ina, und mir war es den ganzen Abend langweilig. Aber ich habe gewusst, dass noch etwas ganz Besonderes geschieht. Und nun bist du da."

Sie nahm seine Hand und zog ihn auf die Tanzfläche, mitten unter die Paare, die sich dort drehten.

Verwundert sah er sie an. „Woher wusstest du denn, dass ich komme?"

„Roberto hatte bereits davon gesprochen, und er meinte, er könne dich ganz bestimmt dazu überreden, hier zu dieser Feier zu kommen. Es ist hier schon eine sehr gute Stimmung, und du wirst viel Spaß haben."

„Wer bist du denn überhaupt?" erkundigte sich der Prinz.

„Ich bin die Fee Ina und eine Cousine von Roberto, und ich kann richtig gut zaubern. Soll ich dir einmal etwas vormachen?"

Das junge Mädchen eines vorbeitanzenden Paares näherte sich Leonardos Ohr. „Sie ist keine Fee, sie ist eine Hexe", warnte sie ihn.

Ina hatte die Worte verstanden. „Du musst keine Angst haben", beruhigte sie den Prinzen, verführerisch lächelnd. „Ich tue dir doch nichts Böses. Im Gegenteil. Mit mir kannst du heute viel Spaß haben."

„Ich werde nicht lange bleiben", entgegnete der Prinz. „Ich werde mit der nächsten Gondel wieder herunterfahren. Ich bin nur mitgekommen, weil ich es Roberto versprochen habe. Mehr als eine Stunde werde ich nicht bleiben."

Ina lachte. „Da hast du aber Pech, mein lieber königlicher Held! Die letzte Gondel nach unten ist schon unterwegs, und die kannst du nicht mehr einholen. Alle, die jetzt hier in dieser Stube sind, müssen heute Nacht auch hierbleiben."

„Aber das will ich nicht", antwortete Leonardo. „Ich muss unbedingt heute ins Tal zurück, denn dort habe ich noch etwas zu erledigen."

Die schöne Frau strich ihm mit ihren langen Fingern durch das glänzende, schwarze Haar. „Was gibt es denn da unten so Dringendes?"

„Ich erwarte noch den Besuch einer Brieftaube, die mir einen Brief bringen wird. Und ich muss ihr auch eine Botschaft wieder mit zurückgeben."

„Das klappt sowieso nicht", vermutete die junge Frau. „Bei diesem Schnee fliegen die Tauben gar nicht. Für den Winter kannst du die Brieftauben vergessen."

„Diese Taube ist eine ganz besondere", verriet Leonardo. „Sie gehört meiner Verlobten, die ebenfalls eine Fee ist und diesen Vogel zu ihrer Taufe erhielt. Der Vogel kann nicht nur im Winter fliegen, er kann auch die menschliche Sprache verstehen."

„Das ist doch nichts Besonderes", entgegnete Ina und schlang ihre Arme um seinen Hals. „Fast alle Pflanzen und Tiere können die Menschen verstehen. Aber ich zeige dir jetzt, wie man richtig tanzt."

„Also gut, ich will ja kein Spielverderber sein", gab er nach. „Tanzen ist ja auch wie Sport. Man bewegt sich, und die Musik erfreut die Seele. Wer ist denn dieser begnadete Künstler, der da so wunderbar Zither spielt?"

„Ach, das ist der Bastian. Er hat halt so flinke Finger. Aber um den musst du dich jetzt nicht kümmern. Schau lieber mich an! Gefalle ich dir?"

„Du bist eine schöne Frau", stellte er fest, als er sie näher ansah. „Sicher hast du viele Verehrer."

Sie nickte. „Ja, so viele Verehrer wie du Verehrerinnen. Da passen wir prima zusammen. Aber ich mag sie alle nicht."

„Und warum magst du sie nicht?"

„Weil ich mich nur für dich interessiere. Du bist nämlich für mich nicht nur der Prinz, du bist für mich der König."

Ohne, dass er es merkte, sprach sie einen Zauberspruch aus, der dazu führte, dass er an nichts anderes mehr dachte als an den Abend mit ihr, der schönen Fremden.

Leonardo tanzte die nächsten Stunden mit ihr und freute sich daran, dass sie ihn offensichtlich bewunderte.

Der Musiker sang allerlei Lieder in einer fremden Sprache, am Ende auch noch die vertonten Verse: „Auf der Alm da gibt's koa Sünd", und die, die das Lied kannten, amüsierten sich.

Weit nach Mitternacht legten sich die Gäste neben den Kamin und ruhten sich ein wenig aus, aber Ina zog Leonardo mit sich fort in die gemütliche kleine Kammer, in der ein Bett stand.

Der Zauber, den sie schon am Abend ausgesprochen hatte, wirkte immer noch, und so ließ er sich von ihren Zärtlichkeiten verführen und verbrachte die Nacht mit ihr wie in einem Rausch.

\*

Am anderen Morgen war der Zauber verflogen, und Leonardo wollte mit der ersten Gondel wieder hinab ins Tal. Aber Ina nutzte schnell die nächste Gelegenheit für ihre Pläne. Als sie den Prinzen mit einer Umarmung begrüßte, verzauberte sie ihn erneut.

Beim gemeinsamen Frühstück wandte sich Roberto an seinen neuen Freund. „Ich habe eine gute Nachricht für dich. Wir haben ein paar Tage Sonderurlaub bekommen, weil inzwischen, auf unseren Hinweis hin, einer der letzten hier gesuchten Multipli aufgespürt und gefangen genommen wurde. Unsere Kameraden werden jetzt unten im Tal ein bisschen feiern, und wir, wir bleiben noch ein bisschen auf der Alm und genießen unseren verdienten Urlaub."

Leonardos Gesicht verfinsterte sich. „Ich möchte jetzt nicht mehr hierbleiben. Und ich muss auch ganz dringend ins Tal, denn ich habe da Einiges zu erledigen."

Roberto winkte ab. „Es ist auch nicht wirklich ein Urlaub, den wir hier verbringen. Der Chef hat uns den Auftrag gegeben, diese Hütte für die nächsten Tage zu überwachen, denn offensichtlich sind hier in der Nähe verdächtige Gestalten gesehen worden. Möglicherweise gehören sie zu den Schmugglern, die illegal die Grenzen passieren."

Der Prinz sah seinen Kollegen misstrauisch an. „Also, um was handelt es sich dann hier nun genau? Ist das jetzt ein Dienst oder ein Urlaub?"

„Es ist so etwas von beidem", druckste der Kollege herum. „Wir dürfen uns ruhig amüsieren und unseren Spaß mit den Freunden haben, aber dabei sollen wir wachsam sein und ein Auge auf die Umgebung haben und schauen, ob uns irgendetwas Verdächtiges begegnet."

„Das finde ich sehr merkwürdig", antwortete Leonardo. „Bist du sicher, dass diese Order von unserem Chef kommt?"

„Natürlich, und sie ist eben gerade aus dem Tal gekommen. Nachher geht Lukas hinunter, ihm kannst du eine Botschaft mitgeben, wenn du unbedingt möchtest."

Der Prinz atmete auf. „Gut, dann werde ich einen Brief schreiben. Und den kann der Bote dann mit ins Tal neben und in die Post befördern.“

„Kein Problem“, fand Roberto. „Das erledigt er doch gern für dich.“

Seufzend zog sich Leonardo zurück und schrieb einen langen Brief an Elisa. Er teilte ihr mit, dass er für einen geheimen Auftrag in den Bergen gefangen sei und deswegen in den nächsten Tagen keine Briefe durch die Taube befördern lassen könne.

Bevor er noch Zeit hatte, ein paar erklärende Worte hinzuzufügen, erschien Lukas. „Wenn du mir etwas mitzugeben hast, dann bitte sofort. Ich kann nicht länger warten, weil ich pünktlich unten beim Chef sein muss.“

„Und wir haben jetzt hier wirklich diesen überraschenden Urlaub, den wir nicht so gestalten dürfen, wie wir das vielleicht möchten?“ wandte sich der Prinz fragend an den älteren Boten.

Lukas hob kurz die Schultern. „Keine Ahnung? Ich weiß nur, dass ich gleich dort unten beim Chef einen Termin habe und dort auch bleiben muss. Also gib schon deinen Brief her, damit ich ihn mitnehmen kann."

„Das ist seltsam", murmelte der Prinz, „es kommt mir alles etwas rätselhaft vor. „Ich habe das Gefühl, dass hier irgendetwas nicht stimmt."

„Wahrscheinlich siehst du Gespenster", antwortete der Bote. „Vielleicht sind aber auch neue Multipli ganz nahe, und deine geschärften Sinne haben wieder einmal eine Vorahnung."

„Das wird es wohl sein", antwortete der junge Mann nachdenklich.

Doch bevor er weiter nachgrübeln konnte, erschien Ina und verzauberte Leonardo erneut. So ließ er sich dann mitreißen, unbekümmert fröhlich zu sein und zwei vergnügte Wochen in der Almhütte zu verbringen, in denen viel getrunken, gelacht und getanzt wurde. Seine neue Freundin wich in diesen Tagen nicht von seiner Seite."

Erst in der dritten Woche brach die Gesellschaft ins Tal auf. Ina, die das Interesse an Leonardo schnell verloren hatte, weil sie merkte, dass er sich nur während des Zaubers für sie interessierte, verschwand ganz plötzlich, ohne sich von ihm zu verabschieden.

Der Prinz, dessen Kopf brummte, hatte das Gefühl, einen Kater zu haben und versuchte, sich über die vergangenen Tage klar zu werden, aber er konnte sich keinen Reim auf all das Geschehene machen.

Nachdem sein Kopf wieder völlig frei war, entdeckte er, dass er Elisa sehr vermisste. Weil er selbst noch keine Nachricht von ihr bekommen hatte, verfasste er einen langen Brief, in dem er ihr wahrheitsgetreu alles schilderte, was vorgefallen war. Voller Ungeduld und doch mit bösen Ahnungen wartete er auf eine Antwort von ihr.

\*

Zwei lange Wochen vergingen, in denen Leonardo ungeduldig, gleichzeitig voller Angst und Sehnsucht auf eine Nachricht wartete.

Viele Gedanken kreisten in seinem Kopf. Sicherlich war Elisa ihm jetzt böse, und wollte nichts mehr von ihm wissen. Im Nachhinein machte er sich große Vorwürfe wegen seiner Unvorsichtigkeit.

Wie hatte er sich nur von dieser Fee verzaubern und einfangen lassen? Ob sie vielleicht wirklich eine Hexe war, so wie es ihm jemand am ersten Abend auf der Alm ins Ohr geflüstert hatte? Er grübelte hin und her, verstand weder sich noch die Welt und war nahe daran zu verzweifeln.

Doch in der dritten Woche erschien die Brieftaube und brachte ihm eine Antwort von Elisa.

Hastig las er ihre Zeilen. „Liebster Leonardo! Ich glaube nicht, dass du dir vorstellen kannst, wie sehr ich gelitten habe, als ich nichts mehr von dir hörte. Du schreibst, dass du mir eine Nachricht per Post geschickt hast, aber ich habe nichts bekommen.

Viele Tage lang habe ich nichts von dir gehört, viele Nächte habe ich geweint.

Zuerst habe ich natürlich geglaubt, dass dir irgendetwas passiert ist, denn das ist bei deiner gefährlichen Arbeit jederzeit möglich. Doch ich habe Erkundigungen eingezogen, und man konnte mir glaubhaft versichern, dass in den letzten Wochen niemand durch die Multipli zu Schaden gekommen ist. Auf der einen Seite tröstete mich das nun, weil ich hoffte, dass du noch am Leben bist. Aber es gibt doch so viele andere böse Dinge auf der Welt, und so grübelte ich den ganzen Tag lang, was dir wohl passiert sei. Je mehr Tage vergingen, desto größer wurde die Angst und ich fürchtete, dich nie wieder zu sehen.

Natürlich fragte ich mich auch, ob sich inzwischen in deinen Gefühlen etwas geändert hat. Wenn man sich so lange nicht sieht, wie es bei uns der Fall gewesen ist, dann kann man einfach nicht ausschließen, dass in irgendeiner Form Wandlungen passieren. Ich fürchtete, dein Herz verloren zu haben. Und nun bekomme ich einen Brief von dir, in dem du mir schreibst, dass du mich noch genau so liebst wie vorher, ja, dass du mich sogar noch mehr liebst. Darüber habe ich eine Zeit lang nachgedacht, und ich konnte es nicht glauben. Natürlich weiß ich, wie gefährlich der Zauber von Feen oder Hexen sein kann, und dass gerade junge und unerfahrene Menschen auf alle Arten von Zauber leicht hereinfallen können. Aber ich habe mich bisher einfach zu sicher gefühlt, weil ich dich so unverändert liebe und an deine unveränderte Liebe und Treue fest geglaubt hatte. Nun bin ich ziemlich durcheinander und weiß nicht, woran ich glauben soll. Obwohl ich mich verletzt fühle, liebe ich dich noch genauso wie früher. Aber ich bin auch misstrauisch geworden, und das heißt, dass ich nicht weiß, ob ich dir in Zukunft wirklich wieder vertrauen kann. Weil ich dich aber so sehr liebe, will ich es versuchen. In zwei Monaten werde ich ein paar Tage Zeit haben und kann dich besuchen, wo auch immer du bist. Dann will ich auch versuchen, mit dir einen neuen Anfang zu finden, damit ich meine unzähligen Tränen vergessen kann. In Liebe ...Deine Elisa."

Als der Prinz den Brief zu Ende gelesen hatte, jubelte er laut. Sofort schickte er die Taube mit einer Antwort zu Elisa zurück. In diesem Schreiben beteuerte er ihr noch einmal, wie leid ihm das alles tat, was geschehen war. Voller Gefühl schrieb er viele liebevolle Gedanken über ihre große Liebe, die niemals enden solle.

Von diesem Tag an hatte die Taube wieder viel zu tun. Jeden Tag flog sie hin und her und brachte den beiden liebevolle Post.

*

Kaum hatte sich der Sommer im Land breitgemacht, da nahm Elisa eine Kutsche mit den schnellsten Pferden und erschien in dem kleinen Dorf im Val Pusteria, in das man den Prinzen inzwischen versetzt hatte.

Als sich die beiden Liebenden zum ersten Mal wieder im Arm hielten, verspürten sie den Wunsch, die Zeit anzuhalten. Ihre Gefühle, während sie sich berührten, erschienen ihnen überirdisch und einzigartig, sodass sie fürchteten, diese Momente könnten nur ein Traum sein und davonfliegen.

Die beiden Liebenden nahmen sich vor, die gemeinsame Zeit zu genießen, spazierten bei strahlendem Sonnenschein durch die sommerlich blühende Natur, wanderten in die nahen Berge, stiegen auf die Höhen und ließen sich von den Ausblicken verzaubern. Sie genossen die zärtliche Zweisamkeit, die ihnen erneut zeigte, wie nah sie sich standen.

„Ist jetzt wieder alles in Ordnung?" fragte Leonardo am letzten Tag vor ihrer Abreise.

„Ich habe noch ein bisschen Angst", gestand sie ihm. „Aber ich will versuchen, sie zu überwinden."

Doch beide hatten nicht mit Robertos Hinterlist gerechnet. Gerade, als Leonardo die Verlobung mit Elisa noch einmal bekräftigen wollte, begab sich Ina zu den Liebenden und hatte einen schnell wirkendes Zauberpulver mitgebracht.

Sie führte es mit sich, in einer kleinen Tüte wie Niespulver, näherte sich dem jungen Prinzen und pustete es ihm unbemerkt ins Auge.

Danach trat sie mutig vor das Paar hin und begrüßte den jungen Mann. „Ich bin sehr froh, dich endlich wieder zu sehen, Leonardo! Ich habe dich sehr vermisst, und ich hoffe, du hast bald wieder einmal Zeit für mich, wenn deine Freundin wieder fortgefahren ist."

„Elisa ist meine Verlobte", sagte der Prinz mit fester Stimme, denn das Zauberpulver hatte noch nicht ausreichend gewirkt.

„Aber du bist nicht mit ihr verheiratet", antwortete Ina siegessicher und sah ihn durchdringend an, während sie beobachtete, wie sich der magische Stoff in Leonardos Körper verteilte.

Mutig wartete sie den richtigen Moment ab und küsste ihn dann leidenschaftlich, während Elisa entsetzt zuschaute. Der Prinz war nicht mehr in der Lage, sich zu wehren und ließ alle Zärtlichkeiten geschehen.

Doch die Verlobte des Prinzen hatte keine Lust, erneut zu leiden und meldete sich zu Wort. „Du musst dich jetzt sofort entscheiden, Leonardo. Entweder gehst du mit ihr, und dann will ich nichts mehr mit dir zu tun haben, oder du schickst sie jetzt für immer fort."

Der Prinz fühlte sich immer noch wie gelähmt, und weil er keine schnelle Entscheidung fällte, sah ihn seine Verlobte böse an. „Ich sehe schon, du lässt dich immer wieder verzaubern, und ich habe keine Lust mehr, immer wieder leiden zu müssen. Ich werde heute schon wegfahren, und es interessiert mich nicht mehr, was du tust."

Der junge Mann erwachte aus diesem seltsamen Trance- Zustand, schickte Ina wütend fort und bat Elisa, bei ihm zu bleiben, ja, ihn umgehend zu heiraten.

Doch seine Braut ließ sich nicht mehr umstimmen. Sie verabschiedete sich rasch von ihm, bestellte eine Kutsche und fuhr davon.

*

Leonardo fühlte sich nun sehr elend. Je mehr er über alles, was geschehen war nachdachte, umso verzweifelter wurde er.

Von Tag zu Tag merkte er mehr, wie sehr er Elisa vermisste. Und in seine Trauer und seine Einsamkeit hinein, mischte sich der verletzte Stolz, verlassen worden zu sein. In diesen schweren Tagen versuchte er, sich mit viel Arbeit abzulenken, und er übernahm für seine Kollegen jede freie Schicht, um nicht über seine Situation nachdenken zu müssen.

In der restlichen Freizeit war ihm kein Berg zu hoch, keine Wand zu steil, und keine Gefahr zu groß.

Immer wieder überlegte er, warum ihm das Schicksal so übel mitgespielt hatte, denn er fühlte sich von Elisa ungerecht behandelt. Er hatte sie doch so sehr geliebt, sein Herz gehörte seiner Braut, und im Herzen war er ihr niemals untreu gewesen. Er zweifelte nun auch daran, ob sie ihn jemals wirklich geliebt hatte.

Für eine Weile mied er fröhliche Gesellschaften und verhinderte Bekanntschaften zu weiblichen Wesen. Aber nach drei weiteren Jahren begegnete er Amalia, die zwar weder eine Fee noch eine Prinzessin war, jedoch aus guten Verhältnissen stammte. Und als sie um ihn warb, fragte er seine Eltern, ob er sie zu seiner Frau nehmen sollte.

König Marco und Königin Stella nahmen seinen Vorschlag sehr ernst und traten die große Reise an, um die Auserwählte ihres Sohnes zu begutachten. Freundlich und höflich zeigte sich Leonardos Mutter, als sie Amalia begegnete. „Liebst du meinen Sohn?" fragte sie die schöne junge Frau und betrachtete sie von Kopf bis Fuß.

„Ich habe ihn gesehen und wusste direkt, dass er der Richtige für mich ist. Und ich liebe ihn", sagte die junge Frau mit Überzeugung. „Ich weiß, dass ich die Richtige für ihn bin."

„Dann habe ich nichts gegen eine Heirat", entschied die Monarchin und reichte der jungen Frau die Hand.

„Ein König braucht Nachkommen", richtete der König ebenfalls sein Wort an Amalia. „Wie denkst du über Kinder? Bist du damit einverstanden, dass sie so erzogen werden, wie es sich für Königskinder gehört?"

„Natürlich" antwortete die junge Frau. „Leonardo ist ja auch ein ordentlicher Prinz geworden. Wenn unsere Kinder sich auch so entwickeln, bin ich zufrieden."

„Dann bin ich auch zufrieden", antwortete der König mit einem gnädigen Lächeln. „Einer Hochzeit soll nichts mehr im Wege stehen. Wir werden im nächsten Jahr ein großes Fest dazu veranstalten."

„Ich will lieber gleich heiraten", sagte Amalia, „und es muss keine große Hochzeit sein. Leonardo ist sehr beliebt bei den Frauen, und viele möchten ihn als Ehemann erobern. Da möchte ich nun nicht mehr warten."

Leonardos Eltern waren einverstanden, und so feierten sie im privaten Kreis, ohne jegliche königlichen Zeremonien, einen fröhlichen Hochzeitstag, an dem sich Leonardo und Amalia das Ja-Wort gaben.

Wenige Monate später freute sich die junge königliche Familie über Nachwuchs, der kleine Sohn wurde Francesco genannt und war der Liebling aller, die ihn kennenlernten.

Der junge Vater war nun viel beschäftigt, auch in seiner Freizeit, und er setzte alles daran, Elisa zu vergessen.

Doch am Anfang fiel es ihm schwerer, als er gedacht hatte, denn obwohl er Amalia liebte, besonders auch wegen ihrer anmutigen Schönheit, spürte er, dass sein Herz immer öfter zu seiner alten Traurigkeit und Einsamkeit zurückfand.

Er konnte sich diesen Zustand nicht erklären, und er fragte sich: „Wie kann man allein sein, wenn man doch gleichzeitig mit einem nahestehenden Menschen zusammenlebt? Nun spürte er sie auch wieder, diese Sehnsucht, die ihn in die Einsamkeit der Berge zog.

Amalia war darüber nicht glücklich, und sie versuchte, ihn von diesen einsamen und gefährlichen Ausflügen abzubringen.

„Du musst an deine Familie denken!" forderte sie ihn auf. „Du hast einen Sohn, der seinen Vater öfters sehen möchte. Vielleicht möchte er mehr mit dir spielen oder ein paar Dinge von dir lernen."

„Ich spiele mit ihm", verteidigte sich ihr Ehemann. „Und wenn er groß genug ist, bringe ich ihm auch alle Dinge bei, die er für sein Leben lernen muss. Aber ich brauche viel Zeit für mich. Denn ich bin auf der Suche nach irgendetwas, das ich noch nicht gefunden habe."

Amalia sah ihn vorwurfsvoll an. „Aber du hast doch jetzt eine Familie! Was willst du denn noch? Du hast Erfolg in deinem Beruf, bist von allen gut angesehen, und deine Eltern sind auch mit dir zufrieden. Du hast einen Grund, ebenfalls zufrieden zu sein."

„Ich muss noch andere Wege gehen", sagte er nachdenklich. „Aber ich weiß noch nicht, welche, und deswegen muss ich sie suchen."

„Ich verstehe dich nicht", sagte die junge Frau. „Du hast alles, was du willst, und in unseren Gebieten gibt es kaum noch diese ekelhaften Multipli. Warum kannst du nicht einfach dein schönes Leben genießen?"

„Die Welt ist nicht nur schön. Und ich habe das Gefühl, ich bin auch mit dafür verantwortlich, wie alles weitergeht. Ich glaube, ich muss mit meinem Vater sprechen. Der wird mir sicherlich einen Rat geben."

„Tu, was du nicht lassen kannst", sagte sie schmollend, „vielleicht wirst du dann auch endlich glücklich."

*

Die Königin Stella hatte ihren Sohn schon seit einiger Zeit beobachtet und war nicht glücklich über die Rückkehr seiner Traurigkeit. Sie führte ein ausführliches Gespräch mit ihrem Mann, und die beiden wurden sich einig, dass es Zeit war, ihren Sohn zu unterstützen. Da gab es nur zwei Möglichkeiten, Leonardo mit wichtigen Aufgaben zu betreuen. Es standen ihm zwei Regentschaften zur Verfügung, eine in Acicastello, einem kleinen Königreich auf Sizilien in der Nähe des Ätnas, oder eine andere, in einem kleinen Fürstentum in der Provinz Venetien.

Weil Königin Stella und König Marco wussten, wie sehr ihr Sohn die Alpen liebte, entschlossen sie sich, ihm das Reich in der Nähe von Vicenza anzuvertrauen.

Nachdem sie sich darüber einig geworden waren, reisten sie zu Leonardo und überbrachten ihm die wichtige Botschaft persönlich.

Der junge Prinz freute sich sehr, seine Eltern zu sehen, und als er von ihrer Idee hörte, spürte er große Hoffnungen in sich aufkeimen. Als Regent würde er wichtige Aufgaben haben und möglicherweise auch die Gelegenheit, die Welt verbessern zu können. Außerdem würde er weiterhin unweit der großen Alpen-Landschaft, ganz nah an den „Kleinen Dolomiten" wohnen.

Sofort besserte sich seine Stimmung, und er teilte die Neuigkeit seiner Frau und seinem Sohn mit.

Während sich Francesco unter einem Umzug noch nicht viel vorstellen konnte, fand Amalia die Idee ihrer Schwiegereltern großartig. In der letzten Zeit hatte sie sich viel über Leonardos Stimmungen geärgert, und so war sie nun voller Hoffnung, weil sie annahm, dass sich in dem vicentinischen Herzogtum nun alles zum Guten ändern würde.

Schon bald, nachdem Königin Stella und König Marco abgereist waren, wurde der Umzug in die Wege geleitet und ohne Störungen vollbracht.

Im Herzogtum des Val d` Agno angekommen, erfüllten sich zunächst rundum alle Erwartungen. Gut gelaunt stürzte sich Leonardo auf alle Arbeiten, die sich ihm boten.

Er entdeckte, dass die Politik in seiner neuen Heimat sehr reformbedürftig war und reichte viele Vorschläge für Verbesserungen an seine Minister weiter.

Es zeigte sich, dass es in diesem Kreis einige Menschen gab, die feststellten, dass der Prinz in den vergangenen Jahren viele Erfahrungen gemacht hatte, und sie achteten ihn deswegen. Aber der junge König musste bald feststellen, dass es nur sehr wenige Menschen gab, die sich auf Reformen einlassen wollen.

Immer wieder scheiterte die Durchsetzung seiner Vorschläge an den Menschen, die aufgrund von Bequemlichkeit lieber alles beim Alten lassen wollten.

Enttäuscht stellte Leonardo fest, dass er ständig ausgebremst wurde und viele Menschen den angedachten Fortschritt verhinderten.

„Warum schmeißt du nicht deine Minister raus?" fragte ihn Amalia eines Tages. „Du bist der König, du hast das Sagen."

„Sie sind schon lange hier, und ich bin neu. Sie würden niemals zulassen, dass ich hier bei der Besetzung etwas ändere. Nein, selbst ein König kann nicht alles machen, was er will."

„Dann bist du schön dumm", antwortete seine Frau. „Ich würde das alles ganz anders machen. Aber du nimmst ja immer viel zu viel Rücksicht, anstelle auf den Putz zu hauen."

„Ich weiß, wie weit ich gehen kann. In der großen Politik werde ich nichts ändern können, aber ich will mich von nun an um die Randgruppen kümmern. Ich werde mich für Menschen einsetzen, die in irgendeiner Form benachteiligt sind. Ich werde mich für die Natur, die Flora und die Fauna einsetzen und dort Verbesserungen bewirken."

„Du bist ein Narr", antwortete seine Frau. „Die Welt ist nun mal so, wie sie ist, und auch du kannst mit deinen schönen Vorstellungen nichts daran ändern."

„Aber ich muss es versuchen", entgegnete er. „Wenn alle so denken wie du, dann geschieht natürlich nichts."

Sie begannen, darüber zu streiten und es endete damit, dass Amalia ihrem Mann vorwarf, er sei ein hoffnungsvoller Träumer, der in der realen Welt seinen Platz nicht finden könnte."

Das betrübte Leonardo sehr, und er machte sich viele Gedanken darüber, wusste aber keinen Ausweg.

*

„Bald musste der junge König feststellen, dass seine gesamte Arbeit tatsächlich weniger Wirkung zeigte, als er erhofft hatte. Dennoch ließ er nicht nach, für Menschen zu kämpfen, denen Unrecht getan wurde. Mit viel Herzblut gründete er nun auch Vereine zum Schutz der Natur, für Pflanzen und Tiere.

Mehr und mehr überließ er seine übrige politische Arbeit seinen Ministern, und stattdessen nahm er sich Zeit, wieder einmal in die Berge zu wandern, dafür konnte er sich jetzt an verschiedenen Tagen in die „Kleinen Dolomiten" begeben.

In der Natur fand er Ruhe und Entspannung und ab und zu auch ein kleines Glücksgefühl, das seine zunehmende Traurigkeit unterbrach.

Eines Tages begann er zu malen und Gedichte zu schreiben, und er zeigte seine Werke Amalia, weil er hoffte, sie könnten ihr gefallen.

Seine Frau amüsierte sich. „Das ist ja wie in einem Kindergarten. In der praktischen Welt sieht doch alles viel perfekter aus. Warum musst du etwas so stümperhaft malen, was in Wirklichkeit vollkommen ist. Und mit Gedichten kann ich überhaupt nichts anfangen. Was sind schon Worte? Kurz und knapp und klar, ja, damit kann man etwas aussagen. Aber das, was du da machst, hat überhaupt keinen Sinn. Es ist ja nicht einmal eine anständige Sprache, es sind nicht einmal vollständige Sätze bei all dem, was du schreibst. Was hast du damit vor?"

„Es soll Menschen erfreuen", antwortete er nachdenklich.

„Also, mich kannst du damit schon einmal nicht erfreuen", antwortete sie überheblich. „Hilf mir im Haushalt oder kauf mir etwas Schönes, das wird mir mit Sicherheit mehr Spaß machen."

Von diesem Augenblick an sprach er mit seiner Frau nicht mehr über diese Themen. Sie stritten sich bei anderen Gelegenheiten schon genug, dann sollte sich nicht noch ein neuer Bereich breitmachen, bei dem die Gespräche zu Unfrieden führten.

Immer mehr zog sich Leonardo zurück, wanderte in die Berge, besuchte Museen und Ausstellungen und vertiefte sich mehr und mehr in die Welt der Kunst.

Amalia nannte ihn einen „lebensfremden Träumer" und zog sich mehr und mehr von ihm zurück.

Manches Mal, wenn der Prinz eine Bergspitze für sich erobert hatte, erinnerte er sich an Elisa. Sehr zwiespältige Gefühle kamen dabei in ihm hoch. Da gab es in seinem Herzen die schönen Momente, in denen er ihre Nähe genossen und sich geborgen gefühlt hatte, und es gab die böse Erinnerung ihres Abschiedes, als sie ihn verlassen und damit auch verletzt hatte.

Wehmütig dachte er an die Brieftaube, die ihnen stets die Botschaften überbracht hatte, und so begann er, sich für die unzähligen Vögel im Tal des Agnos zu interessieren. Rund um sein Schloss richtete er Futterstationen für alle Arten von Vögeln ein, beobachtete und malte sie.

*

Als Francesco schon fast erwachsen war, und zur Ausbildung an den Hof seiner Tante gerufen wurde, um dort zu lernen, erschien ein Sänger im Fürstentum am Agno.

Seine Musik gefiel dem jungen König, und er freundete sich mit ihm an.

„Deine Stimme ist ein Geschenk des Himmels", lobte ihn Leonardo. „Kannst du länger hier in meinem Fürstentum bleiben?"

„Ich bin nicht nur Giacomo delle Stelle, der Sänger aus dem Süden, sondern auch ein Zauberer", verriet ihm der Gast. „Eigentlich bin ich überall auf der Welt zu Hause. Aber bei dir fühle ich mich willkommen. Hier bleibe ich gern."

Der junge König freute sich und traf sich nach getaner Arbeit nun öfter mit seinem Gast, um Giacomos Gesang zuzuhören.

Amalia gefiel dieser Zeitvertreib ihres Ehegatten nicht, und sie versuchte, ihn mit allerlei Aufgaben zu beschäftigen.

Doch Leonardo fand immer wieder ein freies Stündchen, um sich von dem begabten Sänger verzaubern zu lassen.

\*

Eines Tages tauchte Roberto im Fürstentum am Agno auf und besuchte Leonardo.

„Du hast wirklich das Glück gepachtet", sagte der ehemalige Kollege. „Hier in diesem Reich lässt es sich gut leben. Und wie ich sehe, hast du auch eine sehr nette Frau geheiratet."

„Ich führe ein Leben wie jede andere", antwortete der nicht mehr ganz so junge König. „Es geht mir hier so wie vielen anderen Menschen. Ich arbeite viel und fleißig, aber es gibt nicht viel Erfolg und noch weniger Dankbarkeit. Trotzdem versuche ich, das Beste daraus zu machen."

Roberto sah ihn listig an. „Kann ich eine Weile bei dir bleiben? Vielleicht kann ich von dir noch einiges lernen. Ich möchte dir gern bei allem zuschauen."

Leonardo stimmte zu, und der falsche Freund ließ es sich in der Gesellschaft des Königs wohlergehen.

Als Roberto sah, dass sich sein ehemaliger Kollege mit Musik, Malerei und Dichtkunst beschäftigte, und sich damit sehr gut fühlte, wurde er neidisch und sann darauf, dem König zu schaden.

Es hatte ihm schon damals Freude bereitet, Leonardo und seine Braut auseinander zu bringen, und auch diesmal wollte er Spaß haben, wenn er dem Regenten das Leben schwer machte.

Kurz darauf ließ er sich von der Hexe Ina ein Gift bringen, das in kleinen Mengen für Menschen schädlich und in großen Mengen sogar tödlich ist.

So scheute er sich nicht davor, seinem Gastgeber jeden Abend eine Prise des Giftes zu verabreichen, gut verrührt mit dem Wein, den der König jeden Abend vor dem Schlafengehen zu sich nahm.

Roberto hoffte, sein Gastgeber werde sich damit zusehends schlechter fühlen und den Spaß an all seinen Lieblingsbeschäftigungen verlieren.

Doch Roberto wusste nicht, dass dieses Gift bei jedem Menschen anders wirkt, und so erkrankte Leonardo schwer.

Alle berühmten Ärzte wurden herbeigerufen, um ihn zu untersuchen.

Nach einer gemeinsamen Konferenz gaben sie der Königin bekannt, dass der König sterbenskrank sei und wahrscheinlich nicht mehr lange zu leben habe.

Amalia ließ ihn in ein berühmtes Hospital bringen, aber auch dort waren die Ärzte zunächst verzweifelt und hatten keine Hoffnung auf eine gesundheitliche Besserung des Regenten.

Einige Tage lang schwebte Leonardo zwischen Leben und Tod, und man ließ keinen Besuch an sein Bett.

Giacomo jedoch hatte die Idee, seinem neuen Freund mit musikalischen Darbietungen zu helfen, er sprach im

Hospital vor, aber man ließ den Sänger nicht ins Krankenzimmer.

Nach kurzen Überlegungen stellte sich der Zauberer vor das Fenster des Zimmers, in dem Leonardo lag. Er ließ seine Laute erklingen und sang ein Lied nach dem anderen, auch eines über Elisa, das von unendlicher, ewiger Liebe sprach.

Der König, der gerade noch sterbend in seinem Bett gelegen hatte, erwachte aus dem Trancezustand, setzte sich aufrecht und hörte seinem musikalischen Freund aufmerksam zu. Dabei liefen ihm die Tränen über die Wangen, und er weinte in einem fort.

Doch, was niemand wusste, war die Tatsache, dass sich das Gift in Leonardos Körper mit den Tränen herausspülte und somit keinen Schaden mehr anrichten konnte.

Schon wenige Stunden später fühlte sich der Regent frisch und munter und konnte sich bester Gesundheit erfreuen.

Bald danach durfte er das Hospital verlassen und ins Schloss zurückkehren. Dort dankte er seinem Retter, dem musikalischen Zauberer viele Male und verlieh ihm den Freundschaftsorden.

Von da an wurden der König und der zaubernde Sänger aus Neapel beste Freunde.

Leonardo teilte bald auch seine Geheimnisse mit ihm, berichtete ihm von seiner Traurigkeit und den Enttäuschungen mit seiner Verlobten Elisa.

„Ich bin ja nicht nur ein Sänger, sondern auch ein Zauberer", erinnerte ihn Giacomo. „Ich werde dir mit meinem Gesang noch ein bisschen weiterhelfen."

„Wie willst du mir helfen können?" erkundigte sich der König.

„Meine Musik ist nicht in deinem Ohr zu Ende. Die Töne fliegen in die ganze Welt und treffen dort auf Menschenseelen und mitten in Menschenherzen hinein. Du hast deine Traurigkeit verloren, als du Elisa begegnet bist, und ich denke, mit ihr könntest du deine Traurigkeit für immer verlieren."

Leonardo sah ihn erstaunt an. „Ich weiß nicht, wo Elisa jetzt ist. Ich weiß auch nicht, was sie so macht. Sicher ist sie auch verheiratet, genau wie ich. Auf jeden Fall haben wir keine Chance mehr, zueinander zu kommen. Dieser Weg ist uns für die Zukunft versperrt."

„Hast du denn noch Liebe in deinem Herzen für sie?" erkundigte sich Giacomo.

„Ich weiß es nicht, weil ich es nicht wissen will. Ich denke nicht, dass man im Leben noch mal eine zweite Chance bekommt."

„Wenn eine Ehe nicht im Himmel geschlossen wurde, muss sie auch nicht für immer sein", entgegnete der Sänger. „Ich habe gesehen, dass ihr beide, du und Amalia, nicht mehr viel habt, was ihr miteinander teilt. Eure Gedanken gehen andere Wege, und eure Herzen schlagen nicht den gleichen Takt. Auch habe ich euch schon beim Streit zugehört, der eine gute Sache sein kann, wenn er wie ein Gewitter die Luft reinigt. Aber bei euch sind es die unterschiedlichen Wünsche und Sehnsüchte, aus denen eine Unzufriedenheit wächst. Du solltest dir überlegen, ob ihr euch vielleicht trennt."

Leonardo seufzte. „Das geht einfach nicht. Und ich möchte jetzt auch nicht mehr darüber sprechen."

Giacomo schwieg, aber er dachte sich seinen Teil. An diesem Abend setzte er sich allein in den Garten und spielte auf seiner Laute. Die Melodien flogen in den Himmel und verteilten sich wie Wolken überall auf der Erde. An verschiedenen Stellen regneten sie sich ab und fielen wie Tropfen auf den Grund, manchmal auf fruchtbaren Boden.

Dort, wo sie Menschen berührten, flossen sie in die Seele ein und erweckten Hoffnung.

Roberto, dem es nicht entgangen war, dass sich Leonardo immer einsamer und trauriger fühlte, freute sich indes, weil er das übrig gebliebene Gift für andere Zwecke verwahren konnte.

Er zeigte dem König ein mitleidiges Gesicht und fragte ihn. „Wie geht es dir denn jetzt? Bist du wieder ganz gesund? Kann ich irgendetwas für dich tun?"

„Ich bin wieder einigermaßen wohlauf", behauptete der Regent. „Nun ja, all das, was ich tue, ist nicht gerade von Erfolg gekrönt. Aber so ist die Welt nun einmal. Trotzdem gebe ich nicht auf, für alle zu kämpfen, die Leid tragen."

„Da bist du schön dumm. Du könntest ein schönes Leben führen und dich als König feiern und verwöhnen lassen. Aber du willst ja lieber Gutes tun, das wird dir noch zum Verhängnis werden. Auch deine Frau solltest du verlassen, denn ihr habt euch auseinandergelebt. Heiraten ist sowieso nicht das Richtige, denn du als König könntest viele Gespielinnen haben, die dir Freude bereiten."

„Ich will nichts davon hören", antwortete Leonardo böse. „Ich gehe jetzt ein bisschen spazieren, und ich möchte allein sein. Ganz allein!"

Eigentlich hatte er vor, in die Natur zu wandern, und auf seinen Lieblingsberg, den Monte Pasubio, zu steigen, aber die Sonne schickte ihre heftigen Strahlen sehr heiß vom Himmel herunter, sodass er lieber im Schatten durch den kleinen Ort spazierte.

Also er auf dem Markt angekommen war, entdeckte er fremde Händler, die dort ihre Ware verkauften. Aufmerksam betrachtete er die Auslagen, als ihn ein merkwürdiger Duft anzog. Es war die Mischung verschiedener Kräuter, deren Essenzen flüchtig in seine Nase drangen.

Mit einem Mal stand er vor einem Marktstand, auf dem Heilkräuter angepriesen wurden, und sein Atem setzte einen Moment lang aus, als er erkannte, dass hinter dem Verkaufstisch Elisa stand und ihn ungläubig ansah."

„Du hier?" fragten sie beide wie aus einem Mund.

Als Leonardo seine ehemalige Braut wahrnahm, glaubte er zuerst zu träumen. Doch sie bewegte sich auf ihn zu, und sein Herz befahl ihm, sie in den Arm zu nehmen.

In diesem Augenblick spürte er, dass er sie immer noch liebte und nie aufgehört hatte, sie zu lieben. Die Begeisterung erfasste ihn, und er verriet ihr, was er fühlte.

„Ich habe dich auch immer geliebt", teilte sie ihm unter Tränen mit. „Und die Sehnsucht nach dir machte mich immer wieder krank. Aber du bist so tief in meinem Herzen verankert, dass niemand etwas daran ändern kann."

„Ich habe von Anfang an gewusst, dass du die Frau bist, bei der ich keine Ängste empfinde, mit der ich auch die Dunkelheit verbringen kann, die, die ich in mir tief drinnen spüre."

Sie lächelte ihn unter Tränen an. „Egal, was mit uns wird, egal, wo du morgen bist, und egal, wo ich morgen sein werde. Du wirst immer in meinem Herzen sein, und du wirst es fühlen."

„Kannst du denn nicht bleiben?" fragte er sie enttäuscht."

„Heute nicht", antwortete sie traurig. „Aber ich komme jede Woche einmal hierhin zu diesem Markt, und dann können wir uns sehen. Doch ich weiß nicht, ob du Zeit und Lust hast, mich zu treffen. Denn ich habe gehört, dass du jetzt hier nicht nur der gütige König, sondern auch verheiratet bist und einen lieben Sohn hast."

Er seufzte. „Ja das stimmt. Da hat man dir die Wahrheit gesagt. Aber meine Frau und ich, wir haben uns auseinandergelebt, und wir tragen schon seit einer ganzen Weile keine Ringe mehr. Wie sieht es denn bei dir aus?"

„Es gab einen alten Mann, der hat mir einmal das Leben gerettet, und zum Dank dafür versorge ich ihn jetzt, denn er ist jetzt sehr krank und benötigt meine Hilfe. Tagsüber bin ich auf den Märkten, jeden Tag in einer anderen Stadt, aber hier fühlte ich mich besonders wohl, und ich habe gefühlt, dass etwas Unglaubliches geschieht."

„Woran hast du das erkannt?" fragte er staunend.

„Ich habe in den letzten Tagen immer wieder eine besondere Melodie gehört, sie kam einfach so vom Himmel, und ich hatte sie kürzlich im Ohr. Nachdem ich sie schon oft gefühlt hatte, setzte sie sich auch in meiner Seele fest, und ich hatte eine Ahnung, auf ein wunderbares Ereignis warten zu können."

Leonardo lächelte. „Dann war es doch mein Freund, der Sänger Giacomo, der eine so wunderbare Stimme hat und auch auf seiner Laute die schönsten Melodien spielen kann."

„Das ist möglich", antwortete Elisa. „Aber was machst du so, wenn du nicht regierst. Gehst du noch viel in die Berge?"

„Ab und zu klettere ich noch in die kleinen Dolomiten. Und in den Stunden, die mir ganz allein gehören, male ich und schreibe Gedichte. Aber nur so für mich, denn die Königin glaubt, dass ich damit niemanden erfreuen kann."

„Das kann ich mir nicht vorstellen", antwortete seine ehemalige Braut. „Was du tust, das tust du mit Herzblut, und ich bin schon sehr gespannt, etwas von dir zu sehen und zu lesen. Ich schicke morgen die Brieftaube zu dir. Ihr kannst du ein paar Proben deiner Gedichte mitgeben. Und nächste Woche, wenn ich hier wieder auf dem Markt bin, dann kannst du mir deine Bilder mitbringen. Ich bin sicher, dass sie mir und anderen Menschen gefallen werden. Und wenn du es mir erlaubst, dann werde ich sie auf die Wochenmärkte mitnehmen und vielen anderen Menschen zeigen."

Seine Augen leuchteten auf. „Du glaubst, dass ich etwas geschaffen habe, was andere Menschen interessieren könnte?"

Auch in ihre Augen kehrte jetzt das Strahlen zurück, mit dem sie ihn damals verzaubert hatte. „Ich kenne deine reichhaltige Seele und dein großes Herz. Ich weiß, dass deine Sinne offen sind und alles Schöne trinken können wie edlen Wein. Du hast die Gabe all diese Eindrücke zu verwandeln und in schmückende Gewänder zu kleiden. Ich bin sicher, dass alles, was von dir kommt, schön ist."

Dankbar küsste er ihr die Hand. „Es war wohl das himmlische Geschick, dass dich wieder hierhergeführt hat. Ich hoffe, dass deine Brieftaube noch die Kraft hat, die Botschaften zwischen uns hin und her zu schicken. Denn ich habe dir so viel zu sagen, und wir haben so viel nachzuholen."

„Wir werden die Zeit jetzt besser nutzen", versprach sie ihm. „Erzähl mir noch ein wenig von dir, bevor ich hier meine Sachen zusammenpacken muss."

Eine Weile blieb er noch bei ihr, so lange, bis der Marktplatz geräumt wurde.

Bevor sie voneinander Abschied nahmen, sahen sie sich lange an.

Zärtlich nahm er ihre Hand. „Jetzt werde ich dich nie mehr gehen lassen, denn ich weiß jetzt, wie wertvoll das Geschenk unserer Liebe ist."

Von da an trafen sich Leonardo und Elisa einmal in der Woche auf dem Markt. Sie plauderten miteinander, erzählten sich Dinge aus ihrem Leben und stellten die alte Vertrautheit wieder her. Abends und morgens hatte die Brieftaube wieder viel zu tun, denn sie beförderte Botschaften und Briefe hin und her.

Schon bald darauf gab es frohe Nachrichten für den König, denn es gelang seiner ehemaligen Braut, ringsumher das Interesse für seine Werke zu erwecken. Schon kurze Zeit später konnte man in Läden eine Zusammenfassung seiner Gedichte erwerben, und auch seine Bilder fanden bei vielen interessierten Menschen Anklang.

„Du machst mich auch damit sehr glücklich", teilte Leonardo seiner großen Liebe mit. „Ich glaube, es gibt keinen Menschen, der mich so vollkommen versteht wie du."

Sie lächelte ihn an. „Ich sehe dich mit den Augen meines Herzens, mit den Augen der Liebe."

„Und unsere Seelen haben sich schon damals verbunden", fügte er hinzu. „Ich möchte mich von Amalia trennen und dich heiraten."

Sie hob besorgt die Augenbrauen. „Ich denke, wir haben beide noch einige Aufgaben zu erledigen. Ein gemeinsames Leben wird uns wohl noch nicht erlaubt sein."

„Dann möchte ich wenigstens mein Versprechen an dich noch einmal erneuern. Du siehst mit dem Herzen, und ich möchte dich wenigstens schon einmal mit dem Herzen heiraten."

Glücklich lächelte sie ihn an. „Das ist himmlisch. Ja, wir werden den Himmel bitten, unseren Bund zu segnen."

„Dann werden wir uns in den Bergen treffen, um unsere Liebe noch einmal zu besiegeln", schlug er ihr vor. „Kannst du am nächsten Sonntag dort sein?"

„Ich werde es versuchen", versprach Elisa. „Denn ich kann es kaum erwarten, und mein Herz klopft jetzt schon aus Vorfreude."

„Dann werde ich mich auch schnell entfernen", teilte er ihr mit. „Denn ich will noch einiges vorbereiten für unsere ganz besondere Feier." Zärtlich ergriff er ihre Hand und drückte einen sanften Kuss auf ihre seidige Haut.

*

Amalia hatte von seinen Besuchen auf dem Marktplatz nichts mitbekommen, weil sie sich wenig für seine Ausflüge interessierte, aber es war ihr aufgefallen, dass sich die Laune ihres Ehemannes in der letzten Zeit gehoben hatte.

Daher wendete sie sich an Roberto. „Weißt du, warum Leonardo plötzlich so fröhlich ist?"

Der alte Kollege, der sich inzwischen in dem kleinen Ort unweit des königlichen Schlosses niedergelassen hatte, schaute die Königin erstaunt an. „Davon weiß ich gar nichts, es ist mir auch nicht aufgefallen. Aber wenn du möchtest, werde ich mich einmal darum kümmern."

Amalia war zufrieden und Roberto begann, die Ausflüge seines ehemaligen Kollegen zu beobachten, konnte aber in den folgenden Tagen nichts Auffälliges an den Unternehmungen des Königs entdecken. Erst als Leonardo am Sonntagmorgen einen Picknickkorb packte und eine Flasche Wein mit zwei Gläsern, sowie viele kleine Delikatessen einpackte, ahnte er, dass sich der König zu einem geheimen Treffen aufmachen wollte.

Roberto sah keine Möglichkeit, dem Regenten unbemerkt folgen zu können, denn er litt momentan an einem auffälligen und lauten Husten, der ihn an jedem geheimen Ort verriet. Daher entschloss er sich mit einigem Bedauern, den Gedanken an eine Verfolgung aufzugeben. Er ließ jedoch dem König vor seinem Aufbruch ein erfrischendes Getränk präsentieren, das er mit einer winzigen Prise des bekannten Giftes versetzt hatte. Nach seinem letzten Missgeschick, bei dem Leonardo fast gestorben wäre, wusste er nämlich, dass er die Dosis dieses Giftstoffes erheblich verringern musste, wenn er den König nicht in Lebensgefahr bringen wollte.

Es erwies sich nun, dass Roberto dieses Mal genau die richtige Menge an Gift benutzte, um den König außer Gefecht zu setzen, denn es zeigte sich, das der Stoff zwar wirkte, aber in der Folge keine bedrohlichen Nebenwirkungen hervorrief.

So musste sich der Regent mit einer schweren Unpässlichkeit ins Bett legen und sah keine Möglichkeit, Elisa eine Nachricht wegen seines Fernbleibens zu geben.

Erst am Abend, als die Brieftaube kam und Leonardo in den Zeilen seiner Braut las, wie lange sie gewartet, wie sehr sie ihn vermisst hatte, konnte er ihr all ihre Fragen beantworten und ihr erklären, warum er nicht zu dem verabredeten Treffen erschienen war.

Am nächsten Tag ging es dem König schon besser, und am Markttag schon so gut, dass er den Weg zu Elisas Stand wagen konnte.

Er bemerkte in seinem Eifer nicht, dass ihm sein ehemaliger Kollege folgte, sondern schritt munter voran, weil er sich auf die Begegnung mit seiner Liebsten so sehr freute.

Leonardo eilte auf Lisa zu, umarmte sie und blickte ihr zärtlich in die Augen. „Es tut mir so leid, dass ich am Sonntag krank war. Du kannst dir gar nicht vorstellen, wie sehr ich dich vermisst habe!"

Sie lächelte ihn an. „Oh doch, das kann ich. Denn ich habe auch gespürt, dass es dir nicht gut ging. Aber ich habe mich sehr unglücklich gefühlt, weil ich dir nicht helfen konnte. Doch jetzt ist es einfach nur wichtig, dass es dir wieder besser geht."

„Es geht mir wieder gut, weil ich mich unbedingt mit dir treffen wollte, weil ich so Sehnsucht nach dir hatte. Ich hoffe, dass wir unseren Ausflug bald nachholen können."

Betrübt hob sie die Augenbrauen. „Das ist heute unser letzter Markttag für dieses Jahr. Die Bäuerin, die hier neben mir Gemüse verkauft, glaubt, dass schon am Sonntag die Herbststürme hereinbrechen. Da ist es zu gefährlich in den Bergen. Ich denke, da verschieben wir unser Fest lieber bis in den Frühling, wenn alles wieder grünt und blüht. Es ist ja auch nur symbolisch, denn im Herzen fühle ich mich dir immer verbunden."

Er nickte. „Im Allgemeinen bin ich ein geduldiger Mensch. Aber wenn es um dich geht, dann wird meine Sehnsucht riesengroß, und meine Ungeduld galoppiert davon. Dann möchte ich dich festhalten und nie mehr loslassen."

„Unsere Zeit wird bestimmt noch kommen", hoffte sie. „Wir haben jetzt schon so lange Geduld gehabt. Ein wenig werden wir es schon noch schaffen." Sie legte ihm ein frischgedrucktes, in Leder gebundenes Buch in die Hand. „Schau nur! Jetzt gehen deine wundervollen Gedichte in die ganze Welt."

Dankbar lächelte er sie an. „Ich glaube, du liebst mich wirklich, so wie ich bin. Und das ist für mich immer wieder so unglaublich."

„Es ist ganz einfach, den wundervollsten Mann auf der Welt zu lieben", sagte sie scherzhaft lächelnd. „Wer dich nicht liebt, muss ein blindes Herz haben."

Eine Weile blieben sie noch beieinanderstehen, dann wurde es Zeit für beide, ihren Tagespflichten nachzukommen. Widerstrebend verließ er sie nach einem liebevollen und innigen Abschied.

Auch beim Rückweg bemerkte er nicht, dass ihm Roberto unmittelbar auf den Fuß folgte und jede seiner Regungen beobachtete.

\*

Im Schloss scheute sich der ehemalige Kollege nicht, der Königin genauestens Bericht zu erstatten.

„Es ist entwürdigend", fand er, „und ich denke, du darfst dich auf keinen Fall derart erniedrigen lassen. Wie kann er nur mit dieser armseligen Kräuterfrau herumpoussieren und mit ihr seine Zeit vergeuden. Du bist die Königin, und dir sollte er mehr Aufmerksamkeit schenken!"

Amalia seufzte. „Ich brauche seine Aufmerksamkeit nicht. Ich habe hier mit meinen Freundinnen genügend Unterhaltung. Wir freuen uns über die neuen kostbaren Kleider und den wertvollen Schmuck, mit dem wir uns täglich herausputzen können. Wir haben Freude daran, Feste zu feiern und große exquisite Menüs zusammenzustellen. Das alles macht einen großen Spaß, und ist eine dankbare Angelegenheit. Leonardo war schon immer ein Träumer, der dem

Alltagsleben nichts abgewinnen konnte. Aber das Leben besteht nun einmal aus Alltag, und darin muss man sich zurechtfinden. Seine Spinnereien sind abgehoben und führen in keinen fruchtbaren Garten."

Roberto verzog das Gesicht. „Aber diese Frau verkauft seine Bilder und seine Bücher. Das ist ein gefährlicher Schachzug. Das gefällt ihm sicher, und er könnte den Wunsch haben, das Königreich zu verlassen."

„Bisher hast du doch immer irgendeinen Rat gewusst, wenn es zu schwierigen Situationen kam", erinnerte ihn die Königin. „In Zukunft gebe ich dir den Auftrag, stets ein wenig auf Leonardo aufzupassen. Wenn er es zu arg treibt, dann wirst du schon wieder irgendein Mittelchen finden, um ihn auf den Boden zurückzuholen. Ich vertraue dir da ganz."

„Ich werde mein Bestes geben",
versprach er.

Den ganzen Winter über hatte die Taube Gloria viel zu tun. Jeden Tag, an dem es das Wetter erlaubte, flog sie von Elisa zu Leonardo, und von dem König wieder zurück zu seiner heimlichen Braut.

„So, wie wir leben, ist es gar nicht so ungewöhnlich in fürstlichen Häusern", schrieb er ihr eines Tages. „Da gibt es die Ehen, die von den Menschen geplant geschlossen werden, und es gibt die heimlichen, die der Himmel verbindet."

„Unsere Gefühle sind so außergewöhnlich und derart überirdisch, dass sie sich nur schwerlich an die irdischen Bedingungen halten können", schrieb sie ihm zurück. „Ich denke, für uns muss ein besonderes Königreich geschaffen werden."

So tauschten sie den ganzen Winter über ihre Gedanken und verkürzten sich die lange Wartezeit.

*

Kurz bevor die kalte Jahreszeit endete, rief Amalia ihren Vertrauten zu sich. „Gibt es etwas Neues über den König zu berichten?"

Roberto schüttelte den Kopf. „Der Regent ist viel in seinem Zimmer und schreibt. Ich denke, er hat wieder neue Fantastereien im Kopf. Wahrscheinlich gedenkt er, im Frühjahr erneut, diese Kräuterhexe auf dem Marktplatz zu besuchen."

„Kannst du ihm nicht ein anderes Spielzeug geben?" fragte ihn die Königin.

„Ich werde mir etwas überlegen. Es wird aber schwer sein, denn er hat ja nicht einmal an den ganzen Bällen, Interesse gezeigt, die hier während der kalten Monate stattgefunden haben."

„Ich werde dich sehr gut bezahlen, wenn du dir etwas Gutes einfallen lässt", versprach Amalia. Und dieser Frau werde ich erst einmal einen bösen Brief schicken, ob sie sich nicht schämt, in eine königliche Ehe einzubrechen."

„Ich glaube nicht, dass das sehr wirksam ist", bemerkte Roberto. „Ich habe eine viel bessere Idee. Aber die will ich lieber noch nicht verraten. Manchmal haben ja die Wände Ohren."

Die Königin war zufrieden, und der hinterlistige Mann begann, seine Pläne zu schmieden und auch sogleich in die Tat umzusetzen.

Schon wenige Tage später hatte sich Roberto ein neues Gift besorgt, das sich lediglich auf Leonardos Beine auswirkte. Von Tag zu Tag konnte der König weniger gehen, und von Stunde zu Stunde fielen ihm die Bewegungen der unteren Gliedmaße schwerer.

Weil sich der Regent nun nicht mehr auf die Straße traute, gestaltete der verräterische Freund spezielle Feste im Schloss, die nur zu Leonardos Vergnügen stattfanden. Aus aller Welt ließ Roberto Künstler herbeikommen, um Leonardo zu beschäftigen. Unter den berühmten Gästen befanden sich viele begabte Maler, Dichter, Bildhauer und Musiker. Mit viel Geld bestach er einen Agenten, der den Sänger Giacomo an die Mailänder Scala verpflichtete, um dort in der Oper La Traviata den Alfredo zu spielen und zu singen. So hoffte der intrigante Freund, Leonardo weiter von Elisa und dem Zauberer isolieren zu können.

Während Amalia diese neuen Feste in den Sälen des Schlosses mied, weil sie die Künstler für ein unnützes, faules und verrücktes Völkchen hielt, freute sich Leonardo, gleich gesinnte Menschen zu treffen, mit denen er sich austauschen konnte. Die Frauen und Männer boten ihm eine Menge Abwechslung, und so konnte er trotz seiner immer stärker werdenden, mangelnden Beweglichkeit an den Veranstaltungen mit Aufmerksamkeit und Offenheit teilnehmen.

Zum Gehen brauchte er einen Stock, und die Dienerschaft musste ihn in die Säle führen, in denen häufig auch fröhlich gefeiert wurde. Manchmal erinnerten ihn diese Festlichkeiten ein wenig an den Almzauber in den Dolomiten, aber bevor er zuließ, dass alte negative Gefühle aufkamen, erinnerte er sich jetzt lieber daran, dass ihm diese Gesellschaften über die Langeweile der verlängerten Winterzeit hinweghelfen.

Die Minister, die nach wie vor nichts in der Politik änderten, baten ihn ab und zu um eine Unterschrift, ansonsten taten sie das, was sie wollten, so wie es schon immer gewesen war.

Doch immer noch nahm sich der König Zeit, verschiedene Organisationen zu unterstützen und für Abhilfe zu sorgen, wenn jemand in Not war. Täglich bemühte er sich um neue Gesetze zugunsten der Natur, spendete für wohltätige Zwecke und Vereine.

Trotz seiner schwerer werdenden Behinderungen verließ ihn der Mut nicht, denn die Briefe, die ihm unverändert jeden Morgen und jeden Abend die Taube Gloria überbrachte, erschienen ihm wie Balsam für die Seele und Sternenlicht für das einsame Herz.

Roberto, der weder etwas von der heimlichen Liebes-Post noch von dem fleißigen Vogel ahnte, glaubte mit seinen Unternehmungen einen großen Erfolg verbuchen zu können, denn er nahm an, der König habe nun seine ganze Freude in der Teilnahme der Festlichkeiten gefunden. Daher fand er auch Leonardos gute Laune nicht verwunderlich, und so berichtete er der

Königin zufrieden von seinen angeblichen Erfolgen.

„Das hast du sehr gut gemacht", lobte ihn die Königin und drückte ihm einen Beutel mit Goldstücken in die Hand. „Ich werde dafür sorgen, dass du hier noch Minister wirst."

Der intrigante Freund fühlte sich stolz und geschmeichelt, entwickelte wachsenden Ehrgeiz und nahm sich vor, dem König weitere Abwechslungen zu bieten. Er veranstaltete Lesungen für Gedichte und stellte Gemälde in einem der großen Säle aus, dabei bevorzugte er Leonardos Werke, die er besonders in den Blickwinkel schob.

Im Schloss wurden so, während des ganzen Winterendes, Veranstaltungen geboten, die auch weit über diese Gegend hinaus bekannt wurden.

Auch Elisa, der Leonardo in seinen Briefen davon berichtet hatte, erfuhr in ihrem Wohnort davon und freute sich über die künstlerische Anerkennung ihres Verlobten.

„Wie schön es ist, dass auch andere Menschen endlich sehen können, dass du große Talente hast", schrieb sie ihm in einem der nächsten Briefe.

„Ich glaube, wenn ich wirklich etwas Gutes geschaffen habe, dann bist du es gewesen, die mich inspiriert hat. Mit dir in meinen Gedanken, meinem Herzen und verbunden mit deiner Seele habe ich mich immer so groß gefühlt, dass ich etwas von mir abgeben konnte. Und ich kann es kaum abwarten, bis wir uns wiedersehen. Auch wenn ich jetzt nicht laufen kann, werde ich eine Möglichkeit finden, dich zu besuchen."

„Es hat keine Eile", antwortete sie im nächsten Brief. „Ich spüre dich ja, überall, wo du bist. Es ist erst mal wichtig, dass du völlig gesund wirst."

*

Doch schon am nächsten Markttag, als sich die Verkäufer damit beschäftigten, ihre Stände abzubauen, hielt eine Kutsche am Rande des Platzes, und der Kutscher stieg vom Bock, um Elisa mitzuteilen, dass jemand auf sie wartete.

Eilig packte sie ihre Sachen zusammen und lief zu dem parkenden Gefährt. Mit großer Freude entdeckte sie Leonardo im Inneren des Wagens.

Mit leuchtenden Augen sah er sie an und reichte ihr die Hand zum

Einsteigen. Ohne zu zögern, folgte sie seiner Einladung und stellte mit Erstaunen fest, dass sich die Pferde sofort in Bewegung setzten.

„Wohin geht die Reise?" fragte sie erstaunt.

„Wir haben doch noch ein kleines Fest nachzuholen", erinnerte er sie. „Wir fahren jetzt zu der kleinen Kapelle, die am Weg zu den kleinen Dolomiten liegt. Dort möchte ich dich noch einmal fragen, ob du dich für immer mit mir verbinden möchtest."

Sie lächelte glücklich. „Ich bin es zwar schon, ja, ich fühle es jeden Augenblick aber deine Idee ist himmlisch. Der Traum einer jeden Braut ist es, in einer Feierstunde vor Gott und dem Himmel dem Menschen anvertraut zu werden, den man liebt."

Als die Kutsche schon ein ganzes Stück des Weges zurückgelegt hatte, hörten die beiden ein lautes Huf-Getrappel.

Sie ahnten nichts Gutes, und als sich Leonardo umdrehte, erkannte er Roberto, der ihnen mit dem schnellsten Rennpferd des Hofes folgte.

Der König stöhnte. „Unser Verfolger wird uns aufhalten, und ich habe das Gefühl, dass er mir schon lange nachspioniert."

„Das habe ich auch im Gefühl", stimmte ihm Elisa zu.

Doch ihr Gesicht erhellte sich plötzlich. „Inzwischen kann ich schon ein wenig zaubern, und ich werde dafür sorgen, dass er uns eine Weile nicht folgen kann."

Sie zog einen kleinen Zauberstab aus ihrer Rocktasche und schüttelte ihn mehrere Male, bis sich kleine Funken lösten und hinter ihrem Rücken davonflogen. Wie kleine Blitze entwickelten sie sich zu einem Gewitter, prasselten auf den sandigen Boden des Weges und wirbelten hinter der Kutsche den Staub auf, sodass die Sicht nach vorn für alle nachfolgenden Gefährte versperrt wurde.

Sekunden später entdeckten sie mit Erleichterung, dass ihnen niemand mehr folgte, und sie schlugen einen verborgenen Weg zu der kleinen Berg-Kapelle ein.

Dort angekommen, stiegen sie beide mithilfe des Kutschers aus, der sie langsam und feierlich in die kleine Kirche begleitete.

Vor dem mit Blumen und Kerzen geschmückten Altar ließen sie sich nieder und entdeckten mit Freude, dass sich Giacomo zu ihnen gesellt hatte, der ihnen sogleich ein feierliches Lied zur Trauung spielte und seine Stimme teilnahmsvoll erklingen ließ.

Leonardo erinnerte sich daran, dass sein Freund ihm einst auch gestanden hatte, zaubern zu können, und so freute sich der König über dieses himmlische, magische Geschenk der plötzlichen Gegenwart seines Freundes.

Der Bräutigam nahm zärtlich die Hand seiner Braut. „Ich möchte mit dir von jetzt an bis in alle Ewigkeit in Liebe verbunden sein", sagte er mit feierlicher Stimme und in bewegtem Ton.

„Für immer bin ich dein", antwortete Elisa und sah ihn aus glänzenden Augen an. Freudentränen verschleierten ihren Blick für einen Moment.

Nachdem die Musik verklungen war, sprach Giacomo zu den beiden mit bewegter Stimme. „Alle himmlischen und alle guten Wesen sind Zeuge und werden eure innigen Wünsche mit in das unendliche Firmament tragen. Eure Liebe wird ewig leuchten."

Innig küssten sich die beiden Frischvermählten, doch der Kutscher mahnte zum Aufbruch, denn die Sicht auf den Wegen hatte sich wieder geklärt, war frei für jeden Verfolger.

Giacomo und der Wagenlenker halfen dem Paar beim Einsteigen, und kurz nachdem sie im Wageninneren Platz genommen hatten, rauschte die Kutsche im Eiltempo davon.

Während Roberto die beiden Liebenden noch auf den Wegen, in der hügeligen Landschaft im Tal des Agnos suchte, hielt die Kutsche bereits am königlichen Schloss, um Leonardo aussteigen zu lassen. Wieder war der treue Wagenlenker Ferdinando seinem König beim Aussteigen behilflich und führte ihn in seine Gemächer.

Dort hielt sich der freundliche Bedienstete nicht lange auf, sondern kehrte eilig zurück, um auch Elisa nach Hause zu fahren. Ergriffen von der Hochzeitszeremonie glaubte die frisch Angetraute an einen Traum, doch sie spürte den Duft des Rosen-Straußes, den ihr Leonardo zum Abschied in den Arm gelegt hatte, und es wurde ihr bewusst, dass diese festliche Trauung tatsächlich stattgefunden hatte.

Als der Kutscher vor dem Bauernhaus hielt, in dem sie wohnte, stieg sie in tiefem Glücksgefühl aus dem Wagen und schwebte mit tänzelnden Schritten dem kleinen Hof zu.

Zu ihrer Überraschung entdeckte sie jedoch die Königin, die auf einer Bank auf sie wartete.

Drohend baute sich Amalia vor der zarten Fee auf. „Ich will, dass du von hier fortgehst, damit du meinen Mann und mich nicht mehr stören kannst. Der Frühling hat jetzt angefangen, und sicher hast du vor, jede Woche einmal bei uns auf dem Markt zu erscheinen. Im letzten Jahr habe ich das noch in Kauf genommen. Aber ich werde dafür sorgen, dass dir der Bürgermeister jeden Platz in unserem Ort verweigert. Es geht mir nicht um den König. Wir haben uns schon lange auseinandergelebt, und Leonardo taugt weder als Ehemann noch ist er gut genug für seinen Posten als Regent. Dazu leidet er unter ständiger Melancholie und lebt in Fantasien und Träumen. Doch ich dulde nicht, dass du hier alles durcheinanderbringst. Einer meiner Freunde hat mich eben benachrichtigt und mir mitgeteilt, dass du sogar mit dieser königlichen Kutsche mit Leonardo unterwegs warst. Nun ja, ich habe es selbst gesehen, es ist die Wahrheit. Das geht mir zu weit, und ich fordere dich auf, möglichst weit weg zu gehen, am besten auszuwandern, damit sich unsere Untertanen nicht das Maul über mich zerreißen müssen."

„Ich pflege hier einen älteren Herrn, der mir einmal das Leben gerettet hat", erzählte Elisa. „Er ist zu alt und zu krank, um noch einmal umziehen zu können. Aber ich werde niemanden stören, das verspreche ich", versuchte

Elisa, die Königin freundlich zu stimmen.

„Natürlich wirst du das nicht", antwortete Amalia. „Das würde dir auch nicht gut bekommen. Ich habe einige gute Freunde, die alles tun, was ich von ihnen verlange. Für Geld sind sie für alles zu haben. Also hüte dich in Zukunft vor weiteren Eskapaden und wage dich nicht noch einmal auf unseren Markt. Wenn dich dort jemand von meinen Leuten erwischt, wirst du in den Kerker gesperrt."

„Ich werde diesen Ort meiden", versprach Elisa.

„Das hoffe ich", antwortete die Königin mit warnender Stimme. „Ich scherze nämlich nicht. Ich bin keine Träumerin, sondern lebe in der Realität. Und den König wirst du vermutlich auch nicht mehr sehen, denn seine Beine versagen ihren Dienst. Allein wird er nicht mehr das Schloss verlassen können."

Elisa schwieg dazu und hoffte, dass Amalia niemals die Taube zu Gesicht bekommen würde, denn das blieb nun die einzige Verbindung zwischen ihr und ihrem Ehemann des Herzens.

„Ich hoffe, dass wir uns nie mehr wiedersehen müssen", fügte die Königin ihren klaren Worten hinzu, drehte sich um, bestieg das Rennpferd, das hinter den Büschen auf sie gewartet hatte und ritt im Galopp davon.

*

„Warum hast du mir nachspioniert?" fragte Leonardo seinen intriganten Freund etwas später. „Wer hat dich beauftragt? Die Königin vielleicht?"

„Nicht direkt", versuchte Roberto, sich herauszureden. „In ihrem Auftrag sorge ich hier generell dafür, dass alles nach dem höfischen Zeremoniell verläuft. Ich soll demnächst auch Minister werden."

„Ich glaube sogar, dass du zu den übrigen Ministern passt", überlegte der König. „Aber ich möchte nicht, dass mein privates Leben gestört wird."

„Das wird wohl in der nächsten Zeit nur noch hier im Schloss stattfinden", berichtete der ehemalige Kollege. „Die Königin war eben zu Besuch bei dieser Kräuterfrau und hat ihr verboten, jemals wieder hier auf den Markt zu kommen. Deswegen wird sich jegliches bewegte Leben in Zukunft wohl auf den hiesigen Festlichkeiten abspielen."

Leonardo erschrak. „Amalia hat Elisa besucht? Ich hoffe, sie war freundlich zu ihr."

„Sie hat ihr lediglich gesagt, wie es in der nächsten Zeit hier weitergehen soll.

Sie hat Regeln aufgestellt, und daran muss sich diese Frau auch halten."

Nachdenklich blickte der König aus dem Fenster. „So ist das also. Dann werde ich mir überlegen müssen, wie alles weitergeht. Ich brauche dich jetzt für heute nicht mehr. Du kannst dich um deine anderen Ämter kümmern!"

Roberto reichte ihm das geschliffene Glas, gefüllt mit einer durchsichtigen Flüssigkeit. „Ich gehe schon, aber hier ist deine Medizin, die trinkst du besser noch, bevor deine Beine wieder schlimmer werden."

„Sie sind schlimm genug", antwortete der König. „Aber stell sie nur dorthin! Ich trinke sie dann später."

Der falsche Freund verließ den Raum, und Leonardo öffnete das Fenster. Er hoffte, dass sich der Sänger und Zauberer Giacomo noch in der Nähe aufhielt und rief leise seinen Namen.

Wenige Minuten später erkannte er, dass sich der gesuchte Freund, auf dem Rosen-Spalier kletternd, zu ihm nach oben bewegte und danach mit einer schwungvollen Bewegung ins Zimmer hereinsprang.

„Was kann ich für dich tun?" fragte der Zauberer. „Ich bin zu allem bereit, denn ich habe eben viel Kraft getankt."

Verwundert blickte Leonardo auf. „Wie und wo hast du Kraft getankt. Gibt es hier möglicherweise eine solche Quelle in der Nähe?"

„Ich habe bei eurer Hochzeit Kraft getankt, denn bei solch zärtlichen und doch auch starken Gefühlen dabei zu sein, das zieht einen in diesen Kreis der Liebe mitten hinein."

„Das tröstet mich", sagte Leonardo erfreut. „Denn jetzt brauche ich tatsächlich deine Hilfe. In diesem Königreich gibt es für mich nichts mehr zu tun. Das Leben läuft hier nach dem

Wunsch der Minister und den Vorschriften der Königin. Die Festlichkeiten können auch ohne mich stattfinden, und allmählich langweilen mich die Ovationen dieser fremden Künstler, die mich gar nicht kennen. Ich möchte ein neues Leben beginnen, am liebsten in den Bergen und natürlich mit Elisa. Ich glaube, dort in der frischen Bergluft werde ich auch wieder das Laufen lernen."

„Davon bin ich überzeugt", antwortete Giacomo. „Und ich weiß auch schon ein kleines Königreich in den Bergen, das momentan keinen König hat."

Leonardo staunte. „Wo ist es?"

„Es ist der Rosengarten", eröffnete ihm der Freund. „Und die Murmeltiere werden sich freuen, einen Regenten zu haben, der sich das ganze Leben lang um den Schutz der Tiere und die Natur gekümmert hat. Dorthin wird auch sicher Elisa nachkommen, denn der alte

Mann, den sie pflegt, hat sich schon für eine große Reise gerüstet, auf die sie nicht mitkommen soll."

„Wenn das so ist, dann möchte ich noch heute Nacht fort. Kannst du mir dabei helfen?"

„Das werde ich gern tun, denn ich weiß, wo zwei geflügelte Pferde stehen, die noch viel schöner und schneller sind als Pegasus. Doch es ist ein weiter Weg, und er wird sehr anstrengend sein. Am Ende wirst du noch eine Aufgabe zu erfüllen haben, damit du in Laurins Reich eintreten kannst."

„Ich fürchte weder Anstrengung noch schwierige Aufgaben, denn gerade jetzt habe ich das Gefühl, dass mich selbst eine große Stärke beflügelt, die mich fast ohne Pferd überall hintragen kann."

Giacomo lächelte. „Ich bin sicher, dass du wieder ganz gesund werden kannst, vor allen Dingen, wenn du nicht mehr von all den Personen umgeben bist, die dir nicht guttun. In letzter Zeit warst du wieder glücklich, weil sich Elisa in deiner Nähe aufhielt. Und wenn ihr dann für immer zusammenbleiben könnt, wird auch deine Traurigkeit für immer verbannt werden."

Gleichzeitig mit der Vorfreude spürte Leonardo immer größere Kräfte in sich wachsen. „Ich werde alles vorbereiten, damit ich um Mitternacht bereit bin."

„Auch ich werde mich jetzt sputen", teilte ihm der Freund mit und versprach: „Ich werde pünktlich da sein."

*

Die beiden geflügelten Pferde hießen Pronto und Celeriter. Als Giacomo den König aus dem Fenster hob, sah dieser unter sich den Rücken des Pferdes Pronto, das bereits gesattelt war. Sanft glitt er hinunter und freute sich, dass seine Beine nicht mehr schmerzten.

Leonardo hatte kaum Gelegenheit, sich auf dem Leder zurechtzusetzen, da begannen die beiden Pferde schon in wildem Flug zu galoppieren. Ohne den Boden zu berühren, rauschten sie durch die Luft und der Regent hatte das Gefühl, die Zeit zu durchbrechen.

Gerade hatten sie noch das Schloss hinter sich gelassen, da schwebten sie auch schon über den Alpen. Unter ihnen lagen die im hellen Mondlicht leuchtenden, schneebedeckten Gipfel und bizarre steinerne Zinnen. Wenige Sekunden später tauchte das breite Gebirgsmassiv des Rosengartens auf, und die Pferde verlangsamten ihr Tempo.

In der Nähe der Rotwand landeten die Pferde auf einer Almwiese, und Giacomo hob seinen Freund vom Ross. Wie staunten die beiden, als sich die Beine des Königs sicher auf die Erde stellten und ihre frühere Kraft wieder gefunden hatten!

Leonardo freute sich. „Ich kann es kaum glauben. Sicher hast du mir mit deinem Zauber geholfen, und auch die Pferde, diese wunderschönen Tiere, haben mir gute Energien geschenkt."

„Bestimmt kommen da viele Dinge zusammen", vermutete der Sänger. „Wahrscheinlich tut es dir auch gut, dass du nicht mehr im Umkreis dieser Menschen bist, die dich nicht verstanden haben. Aber mit Gewissheit hilft dir bei der Heilung auch die Liebe deiner Liebsten, denn ich bin sicher, dass sie immer an dich denken wird."

„Ja, ich fühle es", antwortete Leonardo. „Und jetzt fühle ich einen großen Tatendrang in mir. Wie geht es jetzt weiter? Was muss ich tun, um meine Aufgabe zu erfüllen?"

„Hier um dich herum ist alles verzaubert. Das hast du ja bereits von den Murmeltieren erfahren. Dort drüben siehst du eine ganze Menge großer schwarze Steine. Das sind die Menschen, die vor langer Zeit von den Multipli verzaubert worden sind. Du wirst dich sicher noch an deinen Freund Ernesto erinnern, der damals von den großen Bällen dieser Ungeheuer getroffen wurde. Du musst herausfinden, welcher von den vierzig Steinen hier dein Freund Ernesto ist. Wenn du das errätst, werden sie alle erlöst sein und wieder Menschen werden, und dann bist du ein Verwalter des Königs Laurin und darfst dir ein Landstück aussuchen, auf dem du mit Elisa wohnen kannst."

Der König freute sich. „Ist das wahr?"

„So wahr ich dein Freund bin", antwortete Giacomo und führte Leonardo zu den Steinen.

„Ich gehe schon wieder ganz sicher", stellte der Regent fest und begann, die schwarzen Steine zu betrachten und sein Gefühl sprechen zu lassen.

Lange bückte er sich zu jedem einzelnen Stein, befühlte ihn mit den Händen, tastete daran herum und wandte sich zweifelnd wieder dem nächsten zu.

Doch mit einem Mal stieß er einen Jubelruf aus. „Das hier, dieser Stein hier, das muss Ernesto in seiner Verwandlung sein. Mein Herz schlug vor Erregung ganz stark und schnell, da ist meine freundschaftliche Liebe für ihn wieder erwacht.

In diesem Moment erklang eine feierliche Musik. Giacomo hatte seine Laute in Bewegung gesetzt und die jubelnden Töne drangen bis in den Himmel, als sich die schwarzen Steine verwandelten und die vielen Freunde und Kollegen des ehemaligen Prinzen zum Vorschein kamen.

Ernesto und Leonardo fielen sich weinend in die Arme, drückten sich fest und versicherten sich ein über das andere Mal, wie glücklich sie waren, sich endlich gesund wiederzusehen.

Die Murmeltiere kamen herbei, brachten Speisen und Getränke, und so feierten sie die ganze Nacht lang im Mondlicht das wiedererwachte Leben.

*

Am anderen Morgen erwachte Leonardo von den leisen Klängen des Lautenspiels, die ihm Giacomo zur Begrüßung vortrug. Das Murmeltier Clara führte ihn zu einem kleinen Schloss, dass sich hinter einer Hecke aus wilden Rosen versteckte und zeigte ihm sein neues Königreich.

„Von hier oben hast du eine unendliche Weitsicht, und du bist ganz nah am

Himmel, manchmal wird er dich berühren. Du hast jetzt auch eine Menge Freunde, von denen einige bestimmt bei dir wohnen wollen. Auch wir Murmeltiere sind nun immer für dich da."

„Warum seid ihr denn immer noch Tiere?" wunderte sich Leonardo. „Die Steine sind doch nun auch wieder zu Menschen geworden."

„Das hat mit König Laurins Fluch zu tun", berichtete ihm Clara. „Wenn er irgendwann einmal von einer Prinzessin erlöst wird, haben wir vermutlich auch die Wahl und können in unseren alten Körper zurückfinden. Keine Sorge, wir leben ebenso gern als Murmeltiere."

„Es ist so zauberhaft hier oben", freute sich der neue Regent dieses kleinen Reiches. „Ich fühle mich so frei, gesund und überaus dankbar."

„Dann bist du jetzt nicht mehr einsam und auch nicht mehr traurig?" erkundigte sich das Murmeltier.

„Ich fühle eine ganz neue Zufriedenheit, aber dennoch bin ich hier nicht vollkommen. Mein Herz sehnt sich nach Elisa, meine Seele möchte die Arme ausstrecken und nach ihr greifen."

„Es ist schade, dass du nicht zaubern kannst", stellte Clara lächelnd fest. „Aber vielleicht kann Giacomo etwas für dich tun."

Ernesto, der gerade hinzukam und die letzten Worte mit angehört hatte, hob die Augenbrauen und wandte sich an seinen Freund. „Nachdem dich der Sänger mit seiner Melodie der Morgenröte aus deinem tiefen, erholsamen Schlaf geweckt hat, hat er die Rösser gesattelt und ist mit den fliegenden Pferden auf und davon."

„Er hat sich gar nicht von mir verabschiedet", stellte Leonardo betrübt fest. „Pronto und Celeriter sollten auch noch einen Dank von mir erhalten."

„Sie werden wiederkommen", wusste Clara. „Die beiden fliegenden Pferde gehören jetzt in deinen Stall. Du wirst sie auch benutzen können."

„Und wohin kann ich damit?" erkundigte sich der König.

„Überall hin. Aber du und die Pferde, ihr werdet unsichtbar sein, sobald ihr wieder dorthin fliegt, wo ihr hergekommen seid. Und dort, wo du hinfliegst, werden dich nur die Menschen erkennen, die dich lieben."

„Dann darf ich also Elisa besuchen, bis sie gemeinsam mit mir hier in dieses wunderschöne Reich einziehen kann?"

„So oft du willst. Am Tag und in der Nacht. Doch ich habe schon gehört, dass es nicht mehr lange dauert, bis du sie hierhin nach Hause holen kannst, in das neue Land, in dem ihr für immer glücklich sein dürft."

Leonardo atmete tief auf. „Dann kann ich hier Ruhe finden, und ich spüre, dass auch der letzte Rest Traurigkeit bei diesen Hoffnungen aus meiner Seele weicht."

Die Murmeltiere hatten inzwischen den Frühstückstisch gedeckt, alle Freunde kamen zusammen und ließen es sich bei hellem Sonnenschein den ganzen Tag lang wohlergehen.

Beim Abendrot betrachteten sie die rosa leuchtenden Felsen, auf denen sich die eine oder andere der verzauberten Rosen vorwitzig kurz zeigte und bei Sonnenuntergang wieder verschwand.

„Inzwischen geht es mir wieder so gut, dass ich morgen wieder anfangen kann, mit meinen gewohnten Arbeiten fortzufahren", verkündete Leonardo fröhlich.

„Aber zunächst hast du noch etwas anderes auf dem Plan", ertönte die klangvolle Stimme des Sängers, der auf Celeriters Rücken saß. „Die Pferde haben sich ausgeruht und warten auf deinen ersten Ausritt."

Das ließ sich der König nicht zweimal sagen, rasch kletterte er auf Prontos Rücken und reichte dem Freund die Zügel.

Der Sänger nickte verstehend. „Bei deinem ersten Flug werde ich dich begleiten. Aber dein Pferd wird den Weg bald von selbst fliegen, denn ich kann mir vorstellen, dass du jede Nacht unterwegs bist."

Leonardo lächelte schelmisch. „Ich merke schon, du kennst meine geheimsten Wünsche und Gedanken."

Schneller als der Wind flogen die unsichtbaren Pferde und hielten wenige Augenblicke später an dem kleinen Bauernhaus, in dem Elisa wohnte.

Sie stand am Fenster in ihrem langen Feenkleid, atmete die Nachtluft ein und schaute voller Sehnsucht hinaus in den unendlichen Sternenhimmel.

Als sie ihren Liebsten entdeckte, rannte sie mit klopfendem Herzen hinaus, eilte ihm mit einem strahlenden Lächeln entgegen und fiel ihm mit einem tiefen erleichterten Seufzer in die erwartungsvoll geöffneten Arme.

Ihre Liebe brauchte jetzt keine weiteren Worte mehr, und auch der Himmel schwieg dazu.

Während der Sänger die blinkenden Sterne aufforderte, nach seiner Musik zu tanzen, versanken die beiden Liebenden in einer Umarmung, die keiner Sehnsucht mehr Raum ließ und jedes letzte Staubkorn an Traurigkeit verscheuchte.

ENDE